Huilboek

HUILBOEK

RYK HATTINGH

Human & Rousseau

Kopiereg © deur Ryk Hattingh
Eerste uitgawe in 2016
deur Human & Rousseau,
'n druknaam van NB-Uitgewers,
'n afdeling van Media24 Boeke (Edms.) Bpk.
Bandontwerp en tipografie deur Michiel Botha
Geset in 12 op 17.75 pt Bembo
Gedruk in Suid-Afrika

LSPOD: 978-0-7981-7427-5 (Tweede uitgawe, eerste druk 2016)
ISBN: 978-0-7981-7249-3 (Eerste uitgawe, eerste druk 2016)
EPUB: 978-0-7981-7250-9
MOBI: 978-0-7981-7251-6

Opgedra aan Tienie du Plessis, 1949–2015

Wie sou dink dat 'n stem soos myne ooit gehoor sal word? Waar sal so 'n klank in elk geval vandaan kom? Eindelik dood en stil het hulle gedink ek is. Nie eens dit nie. Niemand het aan my gedink nie, nie vir 'n sekonde het hulle kon droom dat 'n stem soos myne as 't ware uit die dood sal verrys om hulle nog verder te kom treiter nie. Want selfs toe ek nog hier was: volgens hulle 'n vuilgoed in vlees en bloed, 'n dronklap aan die rand tussen voorstedelike huis en mynhoop wat vir niks anders nie as kwaadgeld rondgeloop het, 'n suiper van die heilige waters, 'n jagse berserker op soek na jong ruling class-poes, wit meestal, om af te loer, af te rokkel, te verlei, nat te maak, myne te maak . . . Sien het ek wel gesien. En vat het ek gevat. Van die sagste vlees. Die soetste wyn. Van my het hulle geweet soos 'n mens van 'n rondloperhond weet, iets om te skop of te skiet, 'n krapperige teenwoordigheid wat liefs moet terugkeer na die plek waar hy vandaan gekom het. En waar was dit? Het ek ooit 'n plek gehad? Nie in hierdie lewe nie. Nee, nie in dié lewe nie. Tuis het nooit vir my bestaan nie, want ek het aan ander mense behoort. Van kleins af was ek 'n besitting. Soos 'n bed of 'n kas wat saam met die ander besittings op die lorrie gelaai word as die mense trek. En dis hoe ek hier beland het. Saam met die beddens en die kaste en al die meubels en roerende goed. En hier is ek ook 'n ding, hier het ek ook nie 'n plek nie, want op 'n dag het hulle my nie meer nodig gehad nie en het hulle my weggejaag. Hulle het die hekke toegemaak, die gate in die heinings herstel. Om my uit te hou! Wat 'n grap! Ha! Fokkers. Asof hulle dink 'n heining of 'n draad kan my uithou. Of 'n landsgrens. Of 'n wet. Of 'n polisiemag, 'n weermag . . . Ek is in 'n noodtoestand ontvang en gebore. 'n Klong. Boesman. Hotnot. Skepsel. Houtkop. Dis ek, ja. Skepsel. 'n Houtkop en 'n pasdraer tot in ewigheid. Dit is my verhaal. My storie. Niks is waar nie, alles is werklik. Tussen die mynhope. 1960's. Fok, julle onthou nie meer nie. Niemand onthou nie. Niemand onthou my nie. Maar ek sê nou vir julle, julle moet kennis neem, want ná al hierdie jare het ek my stem gevind. Ná al hierdie jare klink ek soos ek wil. Nooit weer hoef ek in die een of ander oulike streekstaal te asseblief my kroon dankie my kroon nie. Ek hoef nie meer net deel van die landskap te wees om atmosfeer aan gemoedelike lokale realistiese verhale te skenk nie. Niks daarvan meer nie. Niks nie. Kom ons begin.

★

Kom sit. Maak jouself gemaklik. Hier moet jy geduldig wees vandag, want 'n fel wind waai uit die weste en dit stem enige mens onrustig. Die geteem. 'n Pes van 'n wind wat skade aanrig. Stoot byvoorbeeld die houtheining tus-

sen my en die besige East Coast Road in Mairangi Bay,
North Shore, Auckland, Nieu-Seeland duim vir duim om,
wikkel die hek oop aan die westekant van die huis. Verwaai
alles. Dis 'n wind wat mense omkrap en jy hoor dit aan
hul voetval. Hulle loop gebukkend, arms styf teen hul
lywe ingetrek, koppe skeef. Asof hulle bang is hulle gaan
'n ledemaat verloor. Maar moenie dat dit jou pla nie. Dis
veilig hier by my. Kom sit. Koffie? Tee? Wyn selfs, hoewel ek
nie weet of ek jou gekultiveerde smaak sal kan bevredig nie,
want hier is gewoonlik net 'n goedkoop bottel chardonnay
of pinot gris, soms 'n halwe bottel shiraz wat oorgebly het
van 'n ete die een of ander tyd. Maak jouself tuis. Nou
is jy in my teenwoordigheid. Nou is jy by my. Laas wou
jy nie te veel sê nie. Jy het weerloos gevoel, rou, asof jou
emosies 'n bietjie deurgeskaaf is. Jy te veel onthul het. Te
veel verklaar het. Liefde noop 'n mens om vreemde dinge
te doen, om jou eie kodes te verbreek, oor selfopgelegde
grense te trap en onbekende grond te betree. Veral as 'n
mens jouself so naby aan jou geliefde voel, so deel van
jou geliefde voel, so verenig dat jy alles aan jou geliefde
verklap asof jy met jouself praat, alles wat van onder af
opwel en dit laat voel of jy tegelyk wil praat en bloei en
sug, asof jy jou geliefde wil oorval met die liefde wat jou
so wonderbaarlik oorspoel, jou so ten volle in beslag neem
met jou bekentenis en verklaring en versugting sodat julle

nooit weer hoef te skei nie. Julle saam kan oplos in die groot niet soos 'n wolk. Sodat julle een kan bly. Maar dan, nadat jy alles vertel het en die neteligheid van die situasie sigself aan jou opdring – die onoorbrugbare afstand tussen julle, die honderd werklikhede wat julle skei – dink jy terug aan jou onthullings en jy is skielik paniekbevange. Jy besef jy het dinge gesê wat liefs nie gesê moes word nie. Jy het te veel gesê, of so voel dit. Jouself te veel oopgevlek. Wat het ek tog gedoen? Wat het ek tog gesê?

En die wind teem steeds en dit maak 'n mens rusteloos. As ons sou wou gaan stap, sou ons ons arms om mekaar moes slaan en mekaar styf vashou sodat die wind ons nie dalk omwaai nie. Ons sou ons koppe skeef moes draai en ons brille afhaal, anders sou die wind dié ook gaps.

★

Aan die begin was daar nie veel aan daardie plek nie. Die aarde het plat en dor in alle rigtings in die niet verdwyn. Bloedwarm bedags. Ysig snags. Daar was geen rede om enige rigting in te slaan nie, want niks het nader gekom nie. Van wegkom was daar nie sprake nie. Uitkoms nie eens 'n gedagte nie. Godswaterloos. Om te wees op 'n plek, en terselfdertyd ook die plek te wees. En tog het ek soms tuis gevoel. In my lyf, op my plek. Aan die begin het ek nie geweet hoekom nie. Miskien is ek so geskape. Het ek soms gedink. Om vir altyd die bestaan van 'n tuiste te vermoed. Altyd net vir 'n oomblik teen geluk te skuur. Miskien ná 'n dag se gedraal in die intense hitte in dié hel die salige lafenis van die koel wind in die aand net voor die son sak te ervaar, miskien die halfuur of so se gevoel dat lewe in dié godlose plek tog haalbaar is. Dan die koue. 'n Rillende koue aan die ander kant van die verregaande weerspektrum, 'n koue wat jou na vuur laat smag, na 'n paar uur tevore se gekopswaai in 'n ander hel. 'n Stil en eensame koue wat soos ontbinding onder die sand uitkruip en jou lyf vesel vir vesel takel. Met jou bevrore ore hoor jy nie meer die jakkalsgeskal in die verte nie. Klank het jou versaak. Jy sluk stof. Maar dan, ná 'n halwe ewigheid in die woesteny, breek die dag geleidelik en dramaties en later bloedrooi en is die son weer op jou. Weer eens 'n halfuur of so se lafenis, 'n tyd om te ontdooi, die koue weg te weer, af te sweer, te vergeet selfs. 'n Orgasmiese plek tussen vries en verteer, 'n vlietende halfweghuis tussen ys en stoom. Maar dan begin alles weer van voor af. Die hitte. Die dansende newelbeelde voor jou oë. Dis toe dat ek haar begin raaksien het. Aanvanklik vlugtige beelde uit die hoek van my oog. 'n Bors. 'n Heup. 'n Enkel. Maar as ek reguit kyk, niks. Net die rooi ongenaakbaarheid van die snakkende land. En tog het dit my opgewonde gemaak, hierdie ontwykende teenwoordigheid, die moontlikheid van lewe . . . En ek het my oë begin oefen, geleer om op dinge te fokus: die miere op die grond, die voëls in die lug, die insekte teen die boomstamme, die bome! Die bome. Daar was bome. Met stamme en takke en wortels en blare. En mikke. En ek het steeds gesoek in die snikwarm dae na die parte van die vrou wat my so ontwyk. En hier vind ek 'n vetplant soos 'n toontjie, en daar 'n vruggie soos 'n tepel; hier 'n graspol soos 'n klossie hare, daar 'n mierleeuval soos 'n naeltjie. En die sonbrand laat my dinge sien. Ek sit die vruggie op 'n hopie grond en maak 'n bors . . . En in die nagte omhels ek my eie lyf wanhopig teen die koue en druk myself styf teen die bome aan, ek span my ore, en agter die waan van die koue hoor ek die aasvreters en ek tjank saam met hulle. Ek voel hoe die nag my hart oorval en ek wil myself oorgee aan die verkluim, hierdie pynlike plek vaarwel roep, maar dan gewaar ek die pienk gleuf in die ooste en voel 'n warmte oor my daal. Die gleuf pas, die gleuf pas, die gleuf roep al die parte byeen, en die graspol, die mierleeukuil, die borste en die vruggie en die toontjies en die nek en die voëls in die hemel en die miere op die grond, die weeklag van die jakkalse, die diepte van die nag . . . Dan sien ek haar. Vir die eerste keer. Volledig. En so kom die son op in volle glorie.

★

Om in ander tye te kon leef, toe die wêreld anders was, nie so geheimloos en ontbloot soos nou nie, nie so saaklik en kil en uitspattig gelaai aan die kant van die skaal van die verstand en die verbruiker nie. Toe lug en water en vuur wesenlik as deel van die mens in ag geneem is. En grond natuurlik. Toe mens en element een was. Toe lewe en dood nog voor ons oë gebeur het, nie in kliniese sale agter ontsmette skerms nie. Om in sulke tye te kon leef. Toe mense nog met gemak vroeg kon sterf, of voor tien in die oggend gebore word, voordat die son die mis kon wegskroei en plek maak vir woorde soos versengend en snik.

★

Los en vals. 'n Lied word sonder meer verhef. 'n Elegie dalk. Opgedra aan die onsamehangers, alleenkopers, afgesloofdes. Ontheemdes en gestremdes en in die algemeen gefoktes. En die verslaafdes, natuurlik. Almal van ons. Op en af, soos hysbakoperateurs. Ewig sugtend na saligheid, soekend na 'n weg uit die nagmerrie van die rede. Op en af. Ewig. Bossievreters. Bergies. Boemelaars. Boomzolrokers. Pilslukkers. Tikkers. Turfsitters. Ons moet op die een of ander manier die lewe agter die rug kry, en een besonderse geen maak dit sy doel om te help. Dit wil sê as jy dié geen onder lede het. 'n Slinkse geen wat die bloudruk van jou matelose begeertevlakke vorm. Miskien het jou pa die geen in sy lyf rondgedra, en het hy dit by sy pa gekry, en so aan. Of jou ma. Soos 'n koggelmander klouter die geen van tak tot tak in die stambome rond. Land hy op jou, is jy 'n tragiese uitverkorene. Hier, jou arme etter, kry vir jou 'n paar blou oë en 'n goeie kans om verslaaf te raak aan alles wat jou pad kruis. Dis van die begin af te laat om enigiets daaraan te doen. Ten beste leer jy algaande om jou geen met blymoedigheid op te neem. Die lus-geen, junky-geen, nimmer-genoeg-nie-geen, vergewe-my-want-ek-weet-nie-wat-ek-doen-nie-geen. Altyd met jou. Dit ont-knus jou. Stamp jou van die wa af en wie weet in watter rehab-sentrum, tronk, hoerhuis of hool jy weer jou oë sal oopmaak?

Aanvanklik klop jou verwysingsveld nie met jou omgewing nie. Jy kyk doelgerig na die heuwels en die kontoere en die plante: die bome, vlasse, varings. Die moswoude in die klam skadu's om jou voete. Jy wil dit ineens vaslê, herkenbaar maak. Die Indiese spreeus op jou huurhuis se dak maak jou opgewonde, so ook die mossies en lysters. Hulle ken jy mos. Die ander voëls is egter vreemdelinge vir jou. Almal en alles is vreemd. Die mense steur hulle nie aan jou nie. Soos in die ry by die supermark, verg dit diep skep om die paniek wat jou gorrelpyp toeknyp weg te weer. Is jy? Indien wel, wie? Wat doen jy hier? Wat gaan jy doen om te oorleef? Die onsekerheid lê jou lam. Jy vervloek die dag dat jy jou groot mond oopgemaak het.

Ek weet nie eintlik hoe om dit te stel nie. Bach. Ek het na Bach begin luister. En skielik wou ek skilder. Omring deur bome, massiewe pohutukawas (*Metrosideros excelsa*) wat skuins teen die afgronde klou en soos siele uitreik oor die see. Almal het reeds by almal gelê. Lank voor laas nag. Toe alles nog jonk was. Almal was oral. Almal familie, ons, die mensdom. En die tuataras. Deur dié ou oë lyk ons bra deursigtig. Die reptiele lag vir ons. Die voëls ook. Aai, aai, die witbors-spy. Ek is hier. Net so. Maar nie vir te lank nie, want een mens kan net soveel doen, en dan ook nie meer nie. Hopelik, voor my sin vir die dramatiese die oorhand kry, sal iemand aansluiting by my vind. 'n Simpatieke oor . . .

*

Een laatmiddag staan ek en kyk uit oor die see en die lug is grys en daar hang donker wolke oor die Coromandel-skiereiland in die verte en my kinders hardloop in die huis rond. 'n Enkele oomblik met die grys lug en die gryser see en die glinsterende eilande in die verte en die gelag om my, helder, en ek vryf my oë. My verlange na mense en lokasies en landskappe en gesigte het my oë tydelik gekaap. Die enigste manier waarop ek sin kon maak van my allervreemdste lewe was om myself so in te rig dat ek, as M. en die kinders slaap en ek 'n uur of twee in die nagte kon afknyp, sonder inhibisies uiting aan my liefdes, hartstogte en perversies kon gee. Aanvanklik het dit daarop neergekom dat ek elke aand 'n bottel of twee rooiwyn sou uitdrink en op die bank uitpass. Een nag het ek my joga-boomposisies geoefen en my voorkop teen die vensterbank oopgeval. 'n Ander keer, die laaste maal dat ek my mond aan drank geslaan het, het ek onwillekeurig begin ruk en my oë het in hul kasse gerol van die vergiftiging. M. het die hele nag by my gesit en toegesien dat ek genoeg water drink, nie dehidreer nie, die horries oorleef.

'n Mens kan verander. Maar dis nie maklik nie. Dit wat jou laat struikel, kan nie sonder meer afgekap word nie. Was dit maar so eenvoudig. Neem my as voorbeeld. Jy sien my nou so mooi speel met my kinders, jy sien my in die kombuis besig om kumara te skil, knoffel en preie op 'n kauriplank fyn te kap, jy sien my agter die toonbank van my winkel, vriendelik bedien ek my klante. 'n Gewone mens is wat jy sien. Dit was nie altyd die geval nie. Ek was nie altyd so nugter en voorspelbaar nie. Ek was 'n plofbare vent. Verslaaf aan alles. Selfsugtig, egosentries.

★

Mense vertel jou prontuit hoekom hulle hul vaderland verlaat en hierheen gekom het. Die misdaad tuis, die geweld, die onsekerheid, die gebrek aan intelligente leierskap, die snelle Zimbabwefisering van alles, die ineenstorting van infrastrukture, die korrupsie ... Almal voer redes aan hoekom hulle weg is. Hulle is seker van hulself, want hulle het

die situasie daar   een mekaar opgeweeg, 'n logiese besluit geneem en dienooreenkomstig gehandel. Nou is hulle hier. Nie ek nie. Ek sou wel vorendag kon kom met ongemaklike inligting oor die verlede. Nie net my eie nie, ook dié van mense wat jakkalsdraaie moes loop om te wees waar hulle nou is. Ek beskik oor 'n uitgebreide versameling materiaal uit die tagtiger- en negentigerjare, potensieel plofbare stof: bandopnames van onderhoude met oudgevangenes, digters, bomplanters, moordenaars, spioene . . . Bloed aan mense se hande, belangrike mense deesdae, wat nie gehuiwer het om 'n droster of 'n weerbarstige ondergeskikte met kaal hande te takel of met 'n hamer te verpletter nie. En wat van die Nigeriese here, wat met die hulp van agente van sakevennote in hoë posisies as 't ware oornag van die Israeli's en hul klandestiene smokkelmark ontslae geraak het? Skielik was daar kokaïne op straat. Selfs die polisie moes dit toegee: van die suiwerste coke wat hulle nog gesien het. Die Nigeriërs het 'n goed geoliede dwelmmasjien bestuur. Selfone en Volkswagen Golfs. Dial-a-gram. Nat of droog. Jy skakel net. Hulle lewer af. Ek sou jou van al hierdie dinge kon vertel. Daarom het ek die wêreldkaart oopgevou en na 'n plek begin soek waar ek nie my hande op coke kan lê nie. Verslawing. Mense praat nie eintlik daaroor nie. Tot op 'n dag in April 1996. Net anderkant Hermanus, van die Kaap af op pad Knysna toe, en met die see so regs van my, M. links, en ons twee kinders agter vasgegordel, sê ek toe: Kom ons gaan woon in Nieu-Seeland.

★

My ma aan die woord: Hy was van kleins af nou nie juis die gelukkigste kind op aarde nie. Kon hy skreeu en huil en aangaan! 'n Mens kon nie huishou met hom nie. Dis mos toe dat ek met 'n huilboekie vir hom begin het. Jy sal my nie glo nie. Hoeveel keer dink jy het hy op 'n dag gehuil? As hy begin huil, dan sê ek gaan maak gou 'n merkie in jou huilboek. Gou-gou, ek trek sy aandag af, sien? Hoeveel keer dink jy? Op een dag, hoor. Honderd en vyf keer op 'n dag. Kan jy dit glo? Honderd en vyf keer op één dag. Magtig, maar hy is 'n irriterende kind! Ek weet nie hoe ek dit met hom hou nie. Jy kyk skaars na hom, dan bars hy in trane uit.

En dis mos hoekom ek hom nie saamgeneem het met va-kansie daai keer nie. Ons het gaan jag, in die Waterberge. Ek het vir Mammie gevra of sy na hom sal kyk en ek het vir hom gesê ons gaan almal 'n bietjie slaap voor ons vertrek. Toe ek sien hy slaap, toe sluip ons weg en gaan op vakansie. Sonder hom. Salig. Arme Mammie, sy sê hy was glo heel-temal buite homself toe hy wakker word. Aan die begin wou hy niks weet van die bottel vol geld nie, maar later het sy hom dorp toe geneem om lekkergoed te gaan koop.

★

Om van voor af te begin. Of eerder om 'n strategie uit te werk, 'n plan te beraam. Want dis nie maklik om 'n vyfjarige seun in 1962 in die agterwerf van Ouma Sophia se ou huis in Tweedelaan nommer ses, Northmead, Benoni, te plaas nie. Nie net dit nie. Om hom in die werf te plaas en die mense om hom, sy ma en pa en ouma en ouboet en kleinboet en Simon en Poppie, en dan, by wie ek nou eintlik wil uitkom, Outa Toon. Maar herinnering en verbeelding verkalk met die jare, onthou en droom dans by mekaar verby. Foto's dus. Kiekies eerder. 'n Vierkantige koekblik vol swart-en-wit kiekies word soos dolosse op die mat uitgekeer. Trou-foto's van my ouers, 'n jong pa, 'n beeldskone ma, en ooms langs karre en tannies met tennisrakette, gradeplegtighede, selfs foto's van 'n biblioteek wat afbrand by die des-tydse Potchefstroomse Universiteit vir Christelike Hoër Onderwys. Was dit in die veertigerjare? En dan vind ek drie klein kiekies van my as kleintjie, en tog is ek nie heeltemal daarvan oortuig dat dit werklik ek is op die foto's nie. Dit lyk nou wel soos ek, en ek herken my broer op die een foto, en my pa en my broer op 'n ander, en my pa en my broer én Outa Toon op die derde foto, al sit hy met sy rug na die kamera en kan 'n mens net so 'n halwe profiel van agter kry. As jy mooi kyk, op die agtergrond, ietwat uit fokus, sien jy 'n vrou op die sypaadjie loop. Drie foto's. Ek kan nie die spesifieke oomblik waarop enige van die drie foto's geneem is, onthou nie. Die son moes geskyn het, want daar is duidelike skaduwees sigbaar. 'n Goeie begin dus. Ek het 'n trui aan, 'n kortbroek, sokkies en sandale. My broer ook. Hy het iets in sy hande, hy konsentreer, maar die foto is te vaag om te sien wat dit is. Ek kyk op, nie na die kamera nie, na iets anders wat ek uiteraard nie kan onthou nie. Bokant ons koppe hang drie babadoeke aan die wasdraad. Ek neem aan my kleinboet s'n, want hy is vier jaar en drie maande ná my gebore.

My pa het eendag vir my en my ouboet hospitaal toe ge-neem en ons het buite gestaan en my ma het ons nuwe kleinboetie deur die hospitaalvenster aan ons gewys. Dit was lente, laat Oktober. Destyds was daar nog besoekure by hospitale en ons was seker weer laat. Ons was altyd laat. Of te vroeg. Nooit betyds nie. Drie boeties en 'n ma en 'n pa en 'n ouma en Simon en Poppie en Outa Toon, van wie ek net die een foto het. Met sy rug na die kamera en met so 'n halwe profiel. Karig, ek weet, maar darem iets om mee te werk.

Maar voor ek kon begin om van voor af te begin, moes ek eers 'n paar dinge opklaar. Ek bel my ma in Suid-Afrika. Miskien het sy die foto geneem van my en Ouboet op die werf, of selfs die foto van Outa Toon. Ek vra haar nie daarna nie. Ek vra haar oor Outa Toon en hoe hy, 'n Boesman, op die Transvaalse Hoëveld beland het. Ek vra haar of sy die keer kan onthou toe oom Kerneels se bye so wild geraak het en sewe kleure stront uit die wêreld gesteek het, en sy lag, en sê nee, dit het nooit in Tweedelaan gebeur nie. Die bye het wild geraak in De Aar, waar my ma vandaan kom, en toe was ek nog lank nie gebore nie. Ek glo haar nie, maar ek weet sy is reg. Die bye in Benoni het hulle goed gedra. Maar my ouma het die storie aan my as kind vertel en langsaan ons huis het oom Kerneels met bye geboer en ek het my eie storie opgemaak. Die bye het wild geraak en alles en almal begin steek en Ouma Sophia het altyd geweet wat om te doen. As my pa my slaan, was sy die een wat tussenbeide probeer tree het. Maar die bye was 'n ander storie. Sy het 'n handdoek om haar kop gedraai en deur die woedende swerm hoenderhok toe gehardloop en die hoenders huis toe gebring. Twee, drie, vier keer. In en uit. Die hoenders en die hond en die makoue en ek dink in De Aar was daar nie 'n hanslam nie, hoewel ek iewers 'n hanslam onthou. Ek vra my ma of daar 'n hanslam was. Sy sê ja, daar was een. Ek sê ek kan onthou. Maar jy kan nie, sê sy. Jy was nie daar nie! Jy was nog nie. Ek vra my ma of sy die keer kan onthou toe die weerlig oom Eddie se duiwehok getref het en al die duiwe weggevlieg het. Weer eens een van my konstruksies, 'n fabel dalk, want dit het ook op ander plekke en ander tye gebeur. Toe ek nog nie was nie. En tog onthou ek dit. Oom Eddie se verwilderde duiwe hokloos in die Hoëveldse donderstorm. Het hulle dan van De Aar af gevlieg?

Ek vra my ma of sy kan onthou hoe Outa Toon altyd Ouma se asyn gesteel het. Nie asyn nie, sê sy, wyn. Hy het Ouma se wyn gesteel.

Hoe onthou 'n mens dinge wat nie met jou gebeur het nie? Miskien is dit net so moeilik om te onthou wat nie gebeur het nie as wat dit is om te vergeet wat wel met jou gebeur het.

Ek vertel vir niemand dat ek omtrent alles kan onthou nie. Eendag was ek in Kaapstad en ons was almal baie trendy en cool en stoned en ek is seker ek was dronk want dan is ek op my beste, en ons het deur die strate geloop en ons was op pad om Japannese kos iewers te gaan eet, toe sien ek 'n bergie daar sit en hy maak sulke wanhopige geluidjies soos 'n klein hondjie buite in die koue wat graag ingelaat wil word. Ek sien die bergie en hy is kaalvoet en sy toonnaels is so lank hulle groei in spirale soos globulêre keratienbore uit sy tone. Op daardie oomblik het Toon se beeld voor my opgedoem. En hoewel ek nie 'n enkele gesprek met hom kan onthou nie, weet ek hy het my kleinbasie genoem, want nie net was ek wit nie, ek was die seun van die groot-baas. Maar hy was daar. Toe ek my oë oopmaak, was Toon daar. Die klein bruin man met diep plooie om sy oë en min tande en 'n ou baadjie en eintlik, as ek eerlik moet wees, kan ek hom nie so goed onthou nie. Ek weet hy was daar. Toe ek my kom kry, was ek en Toon agter in die werf. Hy het iets gedoen. Miskien het hy die groente natgelei. Hy was teenwoordig. Maar toe, eendag, is hy net weg. Ek weet nie wat met hom gebeur het nie. Miskien het hy op 'n ander plek gaan werk. Miskien het my ouma hom weg-gejaag, miskien het hy net een keer te veel van haar wyn gesteel en sy kon dit nie meer uithou nie. Ek weet nie. Hy was net weg, en toe was daar ander mense in sy plek. Simon en Poppie. Maar anders as Toon, het hulle vanne gehad. Outa Toon het nie 'n van gehad nie. Natuurlik had hy 'n van, maar hy was eintlik nie belangrik genoeg om 'n van te hê nie. 'n Mens moet belangrik wees, of minstens ten volle mens, om 'n van te hê. Simon se van was Skosana. Poppie s'n Ntuli. Ek het later begin dink dat ek dalk 'n fout gemaak het, en dat Outa sy naam was, en Toon sy van. Maar dit is net 'n teorie.

’n Ander keer, ek dink dit was op dieselfde dag dat lady Di en prins Charles getrou het, oral op die televisiestelle in die vensters van winkels in Johannesburg, het ek saam met Pieter J. deur die stad geloop, Johannesburg, die tagtigerjare in Johannesburg, en om ons het die ou orde voor ons oë begin wankel. Ons was twee ooggetuies onder verdenking, toe ’n bakkie langs ons stilhou. ’n Rooi lig dalk. Ek kan nie onthou nie. Dit kon selfs in Commissionerstraat gewees het, dit maak nie saak nie, want die bakkie was blou, ’n Toyota, en agterop sien ek ’n ou man sit. Met ’n verslete baadjie en ’n ou flenterpet op sy kop. Ek kon nie sy gesig sien nie, maar sy druipende skouers het bekend gelyk. Toon! Toon! roep ek, en die man draai om en ek weet dit kan onmoontlik hy wees want hy is lankal dood, en hy draai om en dis natuurlik nie hy nie. Dis ’n ander man. Ook oud en afgeleef en alleen agterop ’n bakkie met ’n uitgevrete lummel aan die stuur. Toon! Toon!

Op dié manier begin hy nou gestalte aanneem. Hy verskyn op plekke aan my. Goed en wel, ek weet dis nie regtig hy nie. Dis ek wat hom in plekke projekteer. Enigiemand kan dit doen. Jy dink aan iemand wat jy mis of met wie jy behep is, en begin dan om daardie persoon in ander mense raak te sien, of jy voel hulle teenwoordigheid aan in plekke wat vir jou betekenis het. Projeksie. Ek weet dis wat die mense dink. Hou op om jou dinge te verbeel, sê hulle. Waarom so aanhou met hierdie skepsel?

★

Jy hoef nie jou gene in te pak nie. Soos die weer reis dié saam met jou waar jy ook gaan. En die inpakkery het begin. Met 'n lys van regulasies op die tafel van wat jy in jou skeepshouer mag en nie mag laai nie, het ek en M. ons aardse besittings in kartondose begin pak en dié met groot swart letters genommer. Ons het ons huis op die treurige eiendomsmark gesit en sou ook ons motor verkoop het, was M. nie 'n maand voor ons vertrek deur rowers oorval en daarvan beroof nie. Die vyf groot mans het dit nodig geag om 'n rewolwer teen haar kop te druk en haar ribbes af te skop terwyl sy op die grond gelê het.

Ek het dae in die toue voor die "Landsverlaters"-kantoor van die Departement van Binnelandse Sake deurgebring. Om al ons dokumente in orde te kry. Af en toe sou ek die persoon voor my in die ry vra om asseblief my plek te hou, want ek wil toilet toe gaan, om 'n paar lyne in my neusgate op te snuif, maar dit het ek hulle nie vertel nie . . . Dit was 'n leersame proses om die binnewerkinge van die burokrasie van nader te beskou en eerstehands die laksheid van die klerke met rubberstempels aan die ander kant van toonbanke te ervaar. Ná dae se gedraal in rye, eers op dié been, dan daai een; noodgedwonge balansverskuiwings gevolg deur ure se gerondhardloop in die grys doolhowe van die ou nasionaliste om 'n seël op te spoor of 'n verklaring af te lê of 'n boekhouer, in Europa met vakansie, se handtekening in die hande te kry ("Daarsonder is ek nie by magte om hierdie dokument te prosesseer nie . . ."), het ek my beursie uitgehaal en die swetterjoel burokratiese ratjies een vir een met onder-die-tafel-kontant geolie om die trae staatswiel ietwat gladder te laat draai.

Maart 1997. Ons was gereed. Ons goedjies gepak, dokumente en paspoorte en vliegtuigkaartjies in orde, en die veertigvoethouer vol besittings wat ons oor die water sou volg in die hopelik bekwame hande van ander. Ons huis is teen 'n allemintige verlies verkoop en ek en my gesin het tydelik by my skoonouers ingetrek. Dit was herfs en die platane in Bezuidenhoutsvallei het soos goud gegloei die middag toe ek en Annie, Nat se suster en 'n ou vriendin, soontoe is om vyf gram coke by Meneer Nigerië te score. Vier vir my, want ek was van plan om 'n lang draai deur die land te ry om 'n paar afsprake na te kom en almal te groet voor ek verkas, en een vir 'n vriendin van Annie, wat ook in Knysna woon.

Dis merkwaardig dat ek teen daardie tyd nog nie ingekonk het nie. Daar was nie veel van my oor nie. My verslawings het die stang vasgebyt en was op hol, my senuwees blikners geskaaf . . . 'n Vrees vir die onbekende het my beetgepak. 'n Vrees vir 'n lewe sonder Meneer Nigerië . . . Wat gaan ek sonder sy coke doen? Hoe gaan ek my onttrekking oorleef? Nie eens 'n joint om die kreukels mee uit te stryk nie. Fokkol. Koue kalkoen op 'n vliegtuig vol vreemdelinge my voorland?

My sogenaamde vaarwelreis het voorspoedig begin. Deur die nag het die wit lyne verbygeflits en af en toe het Annie vir ons koffie uit 'n fles geskink. Bloemfontein, Colesberg . . . Ek en Annie en Cassie, Nat se hond wat sy oorgeneem het, het veilig in Knysna aangekom. Annie het daarop aangedring dat ek eers koffie en ontbyt geniet voor ek deurdruk Oudtshoorn toe vir my afspraak. Ná 'n reis deur die nag van Johannesburg na Knysna sou ek baat vind by 'n blaaskans en 'n koffie . . . Iers dalk.

Twee uur later, ná nog koffie en coke en 'n joint, perdfris weer, het ek die pad Klein-Karoo toe aangedurf. Daar was 'n kunstefees aan die gang en ek moes vir Kyle by die première van 'n toneelstuk ontmoet. Ons het op 'n tyd saam by 'n weeklikse tabloid gewerk en haar teenwoordigheid het dit soms vir my moeilik gemaak om te konsentreer. Goeie smaak is nie 'n eienskap wat 'n mens met joernaliste in verband bring nie, maar sy was anders. Sy het skeppings gedra wat ek in my perverse verbeelding op elke denkbare manier uitgetrek het, en weer aangetrek, weer uitgetrek het . . . Onthul en verdoesel. Hoe om die finale vernaking van die bruid uit te stel?

Ek was laat. Die getalm op Knysna . . . Die toneelstuk was reeds goed onderweg toe ek daar aankom. Kyle het nie buite vir my gewag nie. Binne kon ek haar ook nie sien nie. Later sou ek uitvind sy was wel daar, maar toe was dit reeds te laat. Te laat, te laat, algar en almal te laat . . . Obsessioneel van kroeg tot kroeg het ek na haar gesoek en later – die son het reeds rooi begin sak – beneweld by 'n lawaaierige groep akteurs, pas van die verhoog af, aangesluit. Tequila sunsets, het iemand gespot en 'n bottel uit 'n bladsak opgetower. Glase, sout, en suurlemoene het gevolg. Nie lank nie, of die bottel was leeg. Ek het die wurm gesluk, die akteurs gegroet en die uitsiglose dorpie vaarwel toegeroep.

Ek was nie naastenby in 'n toestand om 'n motor te bestuur nie. Wat my besiel het om die Outeniekwapas terug na George aan te pak? Heel voorspelbaar het ek in my beswyming beheer oor die motor verloor en is al tollende deur 'n klippredikant verhoed om na die onderwêreld te emigreer. Ek was flou. Die motor het gestol en die hoofligte het doelloos die donker in geskyn. Ek kon rubber ruik en stofdeeltjies soos nebulae in die kopligte sien baljaar. 'n Motor het ineens langs my Laser ingetrek en die bestuurder het uitgespring, my deur oopgepluk en 'n bottel Klipdrift in my gesig gedruk. "Hier, buddy, drink hiervan. Vir die skok. Dit was close, jissis! Ek het die hele ding gesien. Kyk hoe staan my hare nog regop. Ek kon van doer sien hoe jou headlights spin." 'n Engelagtige mens, het ek gedink. Die brandewyn het my na my asem laat snak. Die engelagtige, een van 'n magdom wat klaarblyklik na my welsyn moes omsien, het my gehelp om die Laser op veiliger bodem te kry en in die regte rigting te swaai. Ek het hom vertel ek is op pad Kaap toe. "Mooi chicks daar in die Kaap," het Engel gesê en met gillende bande verkas. Ek het die vensters oopgedraai en my reis voortgesit.

Die volgende oggend het ek in my motor wakker geword. Die dag was besig om te breek. Ek was dors. Deur skrefies-oë het ek die terrein verken. Ek kon nie onthou dat ek daar afgetrek het nie. Ek kon niks onthou nie. Waar was ek? Net 'n boom, 'n klip, 'n baken van enige aard. Wie? Waar? Waarheen? Om alles te kroon was my motorsleutels en immobiliseerder ook daarmee heen. Toe onthou ek die

Cokebottel vol water in die bak. Vir Cassie, die hond. Ek
het die twee liter water weggeslaan asof dit bier is en my
dors geles. Steeds kon ek nie die vorige aand se gebeure
onthou nie. 'n Bakkie het later stilgehou en ek het my
dilemma aan die bestuurder probeer verduidelik. "Hop in,"
het hy gesê, en my by 'n hotel tussen Sedgefield en Knysna,
"met die enigste tiekieboks in die kontrei", afgelaai. Ek
kon my geheue hoor krink. Die plek het bekend gelyk.
Die kroeg was nog oop. Sesuur die oggend! Ek het die
kroegman gegroet en 'n bloody mary en 'n milk stout be-
stel. Vir my maag. Ek het weer tekens van lewe begin toon
en my situasie aan Gary, die kroegman en eienaar van die
hotel, verduidelik. Waar kon my sleutels tog wees? Gary het
'n nommer geskakel en met die spreekbuis teen sy wang
vertel ek was vroeër die nag daar, het een dubbelwhisky
gedrink en is toe weer verder. Ek het myself goed gedra,
het hy gesê. 'n Paar bloody marys later daag die polisie in

'n blink vierwielaangedrewe voertuig op en verkoop my motorsleutels en immobiliseerder teen 'n winskoop vir 'n honderd rand aan my. Twee kollegas het my glo vroeër in die kroeg gesien en op pad terug Sedgefield toe my motor langs die pad met ligte aan en my, uitgepass agter die stuur, aangetref. Hulle het alles afgeskakel en beslag gelê op my sleutels ingeval ek dalk wakker word en besluit om iets on-besonne aan te vang.

Ek het my reisplan verander en in stede daarvan om dadelik Kaap toe te ry, besluit om Noetzie toe te gaan. Ek het my eie rots daar. 'n Reusagtige swart rots van waar die bran-ders my destyds afgeslaan het. My vriend Riaan was saam met my op die rots en het die hele drama gadegeslaan en strand toe gehardloop om hulp te ontbied. Die Nasio-nale Seereddingsinstituut op Knysna is telefonies in kennis gestel en 'n uur of so later het 'n reddingsboot uit die niet verskyn.

Na regte was ek veronderstel om te verdrink. Mense wat by Noetzie van die rotse afgeslaan word, is nie veronderstel om te oorleef nie. Die NSRI op Knysna het oor die jare tientalle lyke van drenkelinge uit die see gevis, maar myne was hul eerste ware lewensredding. Dit was 'n ander man wat by die Seereddingsinstituut se ankerplek op Knysna uit die boot gehelp is as die een wat 'n paar uur vantevore onverskillig sy rug op die see gedraai het om sy kieste vol oesters te prop. Want dié jong man, wankelrig nog op sy waterbene, het intussen al die helderheid in die wêreld ervaar, die volle register in sy emosionele repertorium soos toonlere deurgedraf. Van vreugde tot doodsangs. Weeklagte, skaterlagte, vervoeringe in die skadu van die dood. Onbevlek sy persepsie, kaleidoskopies die ekspans van sy geheue, en met insae in alles, toe die reddingsvaartuig soos 'n skim op die kruin van 'n deining in die eensame see opdoem. Die volgende oomblik was hulle by my in die water en het my teen die leer op in die boot gehelp. Die trip was verby.

★

My aard, soos 'n vonk, is ook onkenbaar. Jy kan by 'n vuur staan, jou hande oopmaak en die hitte teen jou palms voel, maar jy kan nie 'n vonk vang nie. Dis te vinnig, soos lig, of soos spermselle, derduisende, miljoene selfs, en met aksie gaan jy nêrens kom nie. Dink jy vir 'n oomblik jy slaag daarin, want hier het jy pas jou hand om 'n vonk gesluit, jy dink aha! Ek het 'n vonk gevang. As jy so dink, maak jy 'n fout. Om 'n vonk soos 'n spermsel te wil vang, een nietige vonk tussen miljoene ander, moet jy stil wees, groot en ryp en gereed. Soos 'n eier. In die donker. Dis hoe vroue dit doen. Altyd nog. Van die begin af.

★

Kyk, daar stap hy by die agterdeur uit en gaan staan op die stoep. Daar's hoenders en voëls en altyd 'n foksterriër. Vlekkie. En bediendes. Simon Skosana en Poppie Ntuli, Ndebeles van Dennilton. Ouma Sophia se huis. Langs haar geliefde broer Kerneels s'n. Die byeboer. En sy vrou. Tannie Max. Al drie oom Kerneels en tannie Max se seuns het in die oorlog gaan veg teen die Duitsers. Maar Sophia, met vier dogters en 'n medies ongeskikte seun, was Ossewa-brandwag. Dit was by oom Kerneels-hulle dat my pa ge-loseer het toe hy my ma ontmoet het.

En dit is wat ek eintlik met hierdie seun op die stoep wil doen. Ek wil hom in die son laat staan en miskien is dit laatsomer en dan is die Hoëveld in volle glans en die laatvye en die geelperskes is oral en daar is bye in die tuin en 'n ouma . . . En ek wil hê hy moet uitstap en op daardie stoep gaan sit en van daardie plek af moet hy vertel wat van my geword het. Die verteller is 'n jong seun. In die paradys van sy jeug. Saam met sy ma en pa en ouma en broers en Poppie en Simon en oom Kerneels en tannie Max en die papegaaie en die hoenders en dan natuurlik oom Eddie, my ma se broer. En dan wil ek hierdie seun daar laat talm en ek wil hom van daardie plek af laat vertel. 'n Ewige idille met die treinspoor tussen Daveyton en onderdorp Benoni voor ons huis. Tweedelaan ses, Northmead . . .

En hoe het dit gebeur dat alles so kon versplinter het? Toe was die son sagter, nie so fel soos nou nie. Jy moet mooi luister. Netnou gaan die aslorrie kom, dan gaan ek in. Poppie sê die moenas wat op die askarre werk sal my steel as ek nie oppas nie. Ek glo haar nie regtig nie, maar ek gaan steeds in as hulle kom. Dan kyk ek deur die eetkamervenster hoe hulle in die gangetjie langs die huis met doeke om hulle koppe hardloop om die asblikke te kom haal. Asmoenas het ons hulle genoem, maar John Hendriks en sy ouers het hulle askaffers genoem. 'n Swart man is 'n moena en 'n swart vrou is 'n mosadi. Dis hoe ons geleer is. Die woord kaffer mog nie oor ons lippe kom nie. Ons is allerhande dinge geleer. Ek was baie lief vir Simon en Poppie. Hulle was getroud en het in 'n klein kamertjie agter in die erf gewoon. Poppie het in die kombuis gewerk en Simon was die tuinier en het Ouma Sophia in die groentetuin en met die hoenders gehelp. Simon het later in my pa se praktyk die bode geword. En dit was ons bestaan destyds. Op 'n erf langs die treinspoor met ons oom Kerneels die byeboer langs ons op 'n dubbelerf – tussen Tweede- en Derdelaan – en daar was kweperbome en vye en 'n wonderlike groot appelkoosboom en grenadellas en rabarber.

Ek kon eintlik nooit wegkom van daardie plek af nie. Dis asof ek daar 'n sekere bewussyn bekom het waaraan ek my lewe lank moes werk om te verander. Miskien is dit 'n soort psigiese verwonding wat 'n mens toegedien word en wat dan jou karma is. Miskien het elke mens sy eie persoonlike stryd, die lydensweg van jan alleman. Gewis 'n vraag werd om gevra te word. Want ek weet nie. Kyk daar stap hy saam met Sophia dorp toe. In Voortrekkerweg. In sy hand 'n inmaakfles vol sente en halfsente en selfs 'n paar tiekies. Waarheen is hulle tog op pad? Ouma Sophia en haar vyfjarige kleinseun oor die brug oor die treinspoor dorp se kant toe?

En toe het die lorries gekom om hulle besittings op te laai, want hulle trek. Groter huis, groter grond, plotte toe.

Ek verbeel my hy is steeds daar. Strepie son teen seun se wang. Hy buk af, tel iets op. Laatsomerwind waai deur die bome. Vyeblare val. Vlekkie aan sy voete. Hy laai sy kettie met 'n ronderige klip en mik na 'n mossie op die telefoondraad. Die klip tref die voëltjie dat die vere waai en hy hardloop nader en tel die dooie voëltjie op. Toe kom tannie Max skielik van langsaan deur die tuinhekkie wat hul twee erwe verbind en begin hom van 'n kant af uittrap. Hoekom het hy dit gedoen? Die arme ou voëltjie. Wat as sy dalk kinders het? Wat dan? Hy wou nog vir haar sê dat hy eintlik nie bedoel het om die voëltjie te tref nie, maar hy het geweet dis nie die waarheid nie. Hy het die voëltjie in die asblik gaan gooi en vir niemand daarvan vertel nie.

Kyk, daar sit hy nou weer. Hy wil nie saam met sy gesin plotte toe gaan nie. Hy is huiwerig. Hy is vasgevang in 'n plek wat omskrywing fnuik, wat wegglip as die net van die woord sigbaar word. Oom Kerneels is langsaan besig om heuning uit die koeke te draai en van sy werkers uit Swaziland braai perdevleis op die vuur. Hy het dikwels saam met hulle geëet. 'n Reuk wat 'n mens nooit vergeet nie. Perdevleis. So rooi dis amper swart. Poppie en Simon, albei Ndebeles, het glad nie met hierdie perdevleiseters gemeng nie. Hulle het ook nie varkvleis geëet nie.

Aan die oostekant van ons huis was die mynhoop en die bloekombome en die ondergrondse dreineringskanale. Alles buite perke vir ons. Eendag het van die ouer seuns 'n mosadi met klippe gegooi en sy het by ons huis kom kla en my broer was in baie groot moeilikheid daaroor.

★

Vandag is daar nie juis voëls in my tuin nie. Die vensters is vaal en my vel vlok. Dis koud. Omtrent ses grade. Ek word 57 oor twee weke. 'n Maand gelede het ek 'n nuwe knie gekry. Osteoartritis. Almal sê dis baie jonk vir 'n nuwe knie, die meeste mense wag tot hulle sestig of ouer is voordat hulle aan sulke ingrypende operasies begin dink, dis onbetaamlik selfs, sê hulle. Ek is die soort ou wat nie my sitplek in die bus aan 'n ou kruppel tannie sal afstaan nie, sê hulle. Ek het nie maniere nie. Is daar nie ouer mense wat dringender 'n nuwe knie benodig nie? Kniedief, hoor ek. Ek maak asof ek hulle nie hoor nie. Maar ek kry seer, iewers in my binneste krap dit my om. Ek is steeds 'n mens. Nou sterk ek tuis aan. M. het 'n dagbed vir my in die TV-kamer opgemaak, met 'n tafeltjie en 'n leeslamp en 'n klein boekrakkie. Tussen die oefenfiets flou trap en op en af loop en die nuwe titaniumknie buig en die bene rek deur, lê ek met plastieksakkies bevrore ertjies op die geswolle knie en lees en kyk TV. Miskien is daar tog voëls in die tuin. Miskien is ek net negatief want daar is eintlik altyd voëls in my tuin. Mossies en duiwe en tui (*Prosthemadera novaeseelandiae*), 'n endemiese sangvoël wat byna uitsluitlik nektar eet, en soos towerklokkies in die boomtoppe lui, silwerogies (*Zosterops lateralis*) en Indiese spreeus (*Acridotheres tristis*) en swartvoëls

(*Turdus merula*). En waaierstertjies (*Rhipidura fuliginosa*). Dit gebeur as 'n mens hoenders aanhou. Voer jy jou hoenders, voer jy uiteraard ook al die gevleuelde saadvreters en ander indringers van die distrik. As die mossies en die duiwe begin versamel, wil die ander voëls weet wat aangaan, hulle kom kyk, sien die erd- en ander wurms kop uitsteek in die komposhope, aanskou die nektardruppels druipend uit die vlaslelieblomme, en die viervoetiges snuif graan en ruk op en dring in en teel aan en knaag 'n weg oop tot by die graanpotte in die voorstede. Veldmuis en rot, en dan, op die hakke van dié pestilensies, volg die skerpogige moreporkuiltjies (*Ninox novaeseelandiae*) en die Australiese vleiwoue (*Circus approximans*). En só, met die aankoms van hierdie rare, gevleuelde jagters, word die sluitsteen op die voedselpiramide geplaas. Binne die bestek van 'n paar weke word jou eens steriele voorstedelike werf, jou saai doodgroen grasperk, in 'n dinamiese ekosisteem omvorm. Danksy ses hoenders.

Ek is negatief vandag. Ek weet nie of iemand dit al ooit gesê het, en of ek dit iewers gelees het nie, maar ek weet net die waarheid verander omtrent elke twaalf jaar. Lag maar, maar ek weet waarvan ek praat. Ek droom snags. Luister bedags na die radio. Onderhoude met slim mense. Professore en ander spesialiste deel hul kennis met my terwyl ek aartappels skil. Agria-aartappels. Seker die beste aartappelkultivar op hierdie aartappelaangedrewe planeet, maar moet asseblief nou nie my woord vat en net Agria-aartappels plant nie, want dis wat in Ierland gebeur het destyds. Monokulturele selfmoord. Maar dit was nie Agria nie, dit was Lumper-aartappels.

Dis reeds 'n maand sedert ek my nuwe knie laat installeer het, en steeds lê ek hier met my bevrore ertjies en tik my kop se kak. Want ek kan nog nie behoorlik wals nie, ek doen die een en twee, maar dan klik die bioniese skarnier en ek vou dubbel en ek kraak die drie. Terug bed toe. Negatief. Miskien moet ek weer 'n boek lees. Dis wat ek dink in die laatmiddag alleen tuis, my vrou by die Katolieke Maoriskool waar sy kuns gee, my kinders op straat. Daar is niks fout daarmee om nog 'n boek te lees nie. Dis tog wat 'n leser doen. Daar is natuurlik mense wat skuldig voel wanneer hulle boeke lees, en as jy aan hulle deure klop, steek hulle vinnig die boek weg, druk dit in 'n laai of glip dit onder die rusbank in voordat hulle oopmaak. Niemand wil met 'n dik stuk fiksie betrap word nie. Dis tog onbehoorlik. Maar nie koerante nie. Koerante is anders. Om met jou neus in 'n koerant gesien te word, 'n *Times*, of 'n *Beeld*, of 'n *Herald*, of 'n *Weekblad*, is 'n bewys dat jy kennissoekend is, 'n heuristiese wese, iemand wat op die hoogte van sake wil bly, dat jy deelneem aan die geskiedenis, 'n bondgenoot is van die hede, selfs belangstel in die toekoms, dat jy nie 'n druppel verspilde onskuldige bloed in die nimmereindigende herhaling van een riller op die ander wat die vorige dag gebeur het, gister, of gisteraand, wil misloop nie. Verantwoordelik is jy met 'n koerant in jou hand. Of met 'n rekenaar of iPad op die tafel in die Franse restaurant met die latte binne grypafstand. Jy is 'n menslike vergestalting van 'n universele bewussyn. Jy neem kennis van alles wat in die wêreld gebeur, laat dit afspeel in die teater van jou verstand. In die loopgrawe van jou brein skuil die verdruktes teen die aanvalle van die bullebakke, in die grysstof word strategiese uitwismetodes bedink: Sirië, Palestina, Israel, Irak.

Nou die dag, voordat ek die nuwe knie gekry het, hink ek af hoenderhok toe om die henne uit te laat om 'n bietjie te skrop voor donker. Want dan kan ek 'n ogie oor hulle hou en seker maak hulle verwoes nie my kropslaaiplantjies nie. Ek laat die ses henne uit, gaan sit op die houttrappies, en ervaar die verflouing van die lig, sien die dag vlug voor my ou vriend, die donker. Die hoenders keer vanself terug hok toe, hoewel hulle lank nie die laaste voëls is wat gaan slaap nie. Die swartvoëls is aktief tot reg aan die begin van die nag. Totdat dit so donker is dat 'n mens hulle nie kan sien nie. Ek wou net opstaan om die hoenderhok te gaan toemaak vir die aand, toe 'n swartvoël uit die spits van 'n pittosporum skielik begin sing. Sewentien jaar reeds woon ek op dié eiland, elke dag is ek in die tuin doenig, veral laatmiddae ná werk, en nog nooit het ek hierdie betowering ervaar nie. Dit is 'n voël wat in die skemerte begin sing, 'n lied vir die wêreld, vir die hoenders en die man met die seer knie op die houttrappies, en sekerlik vir 'n geliefde vlugmaat wat iewers sy of haar ore spits vir die toenemend melancholiese lied. Soms vinnig, soms stadig, sonder twyfel in die korrekte klassieke notasie, soms staccato, soms legato, en merendeels in 'n mineursleutel. Die swartvoël vlieg weg en ek maak die hoenderhok toe, voel my weg terug na die huis, in die donker.

★

Daar was 'n vlooimark op Phoenix Square in Browns Bay, Auckland, elke Vrydag. Net oorkant die poskantoor. Tweedollarjunk, tuisgemaakte kussings, porselein, organiese manuka-heuning, plante, gereedskap en wat nog. Af en toe was Bojan Books ook daar. 'n Tafeltjie en 'n paar reis-trommels amper verlore tussen die ander. Om 'n buiten-gewone en raar boek, of 'n pamflet, 'n brief selfs, en 'n waar-derende bibliofiel byeen te bring, het betekenis aan Bojan

Kuloski se lewe gegee. Dit het hom in aanraking gebring met gewone mense, die man op straat, die winkelier, die skoenmaker. Mense met begeertes. 'n Besonderse jong man, skaars mondig, dog toegerus met 'n wyd uiteenlopende kennisarsenaal wat hy met toegewyde studie bekom het. Hegel en Johann Sebastian Bach, die Europese geskiedenis, die Duitse, Oostenrykse en Russiese letterkunde. In ses tale kon hy jou van al dié dinge vertel. Sy oupagrootjie was 'n landheer in Rusland tydens tsaar Alexander se heerskappy. Skatryk Russiese adel. Net voor die uitbreek van die Eerste Wêreldoorlog in 1914 het hy 'n Bolsjewistiese snuf in die neus gekry, eeue van generasies se versamelde skatte op muilwaens gelaai en met die hulp van 'n uitgesoekte groep lojaliste en vermom as sigeuners het hy en sy vrou en hul kind, Bojan se oupa, een nag spoorloos verdwyn. Hul kara-vaan het 'n paar maande later in Masedonië, Alexander die Grote se kontrei, aangekom.

Die betrokke Vrydag in die winter van 2003 was Bojan Books weer op Phoenix Square, en soos gewoonlik het ek 'n draai by die stalletjie gemaak. Bojan, tot teen sy ken op-geknoop in 'n duffelse baadjie, was verdiep in 'n boek en ek het plat op die grond gaan sit en deur die trommels gesnuffel. Ek het 'n ou verflenterde sagteband uitgehaal: *Dostoevsky 1821–1881* deur Edward Hallett Carr. Ek het die boek oopgeslaan op die titelbladsy. Onder die titel was 'n handtekening van iemand. 'n Vorige eienaar dalk. Ek het dit probeer ontsyfer . . .

"Dit lyk eg, maar dis 'n reproduksie van Dostojefski se handtekening." Bojan het intussen opgestaan en was aan die woord. "'n Ontstellende handtekening. Die intensiteit en die beheer deur die eerste twee name: Fjodor Michailowitsj. Daar's 'n eweredigheid teenwoordig. Tot en met die D en die eerste o van Dostojefski. Dan die besef, die skadu van die noodlot, onafwendbaar. Epilepsie, verlies aan geloof, malheid. Paniekbevange die einde . . ." Bojan het langs my gehurk. "Ek dink nie ek kom gou terug hierheen nie. Die plek is gevrek. Dis nie die moeite werd nie. Die handjievol mense wat enigsins 'n belangstelling in enigiets openbaar, kan dit nie bekostig nie. Miskien in die somer." Ek het die sagteband vir vyf dollar gekoop.

Vervreemding is 'n gegewe. Al hobbelend op die slingerpad na afwesigheid. Almal van ons. Leer die tale wat die mense praat en benoem die wêreld daarmee. Die bome en die voëls. En die mense. Die klippe. Die hele plek. Skep ruimte vir die nuwe wêreld. 'n Nuwe begin. Wees dapper. Verskuil jou opportunisme. Luister fyn as die dorpenaars praat, veral na die infleksies. Jy wil behoort, nie? Deel van iets wees. Moenie in die ry probeer indruk nie. Begryp eers die seisoene. Die verskil tussen reën en buie. Wees geduldig. Vergeet van die donderstorms op die Hoëveld in die somer. Uit die suidweste. Laatmiddag. Die manjifieke wolke. Die bliksems!

Vink tel die boek op. "Dos-to-jef-ski? Wie's hy?"

"Hy was 'n skrywer. 'n Russiese skrywer met 'n dobbel-probleem," sê ek en skakel die skuurmasjien aan.

En so het my nuwe lewe begin vorm aanneem. Nie maklik om op 'n eiland gestrand te wees nie. Nie as daar 'n kontinent in jou agterkop lê nie. 'n Bitter stadige proses, maar ek het my vaardighede verfyn en my pryse dienooreenkomstig aangepas. Ek het my klandisie deur 'n groot skuifvenster bedien en hulle aangeraai om nie soos soldate te marsjeer nie, eerder ligvoets soos dansers te beweeg. "Ontspan julle enkels," sou ek soms sê.

Daar was gerugte dat ek besig was om my sinne te ver-loor, dat die vlugtige dampe kwansuis my brein aangetas het. Die industriële oplosmiddels, die verskillende kleef-stowwe, die warm dampe uit die verwarmer waarin die ge-kuurde gomme voor kontak verhit word, boonop soms 'n bedompige trog wat oor alles hang, nie 'n sprietjie wat roer nie. Sinne verloor? Een aand in die kroeg het ek na myself as 'n gomkop verwys en die drinkebroers het uitbundig gelag en nog drank bestel. Later die aand het ek my knipmes uitgepluk en 'n vreemdeling met 'n openbare kastrasie gedreig. Groot grap.

Ek het 'n groep mense in my beroep by 'n promosiegeleentheid in die stad ontmoet. Een van my verskaffers het 'n lesing aangebied oor die korrekte gebruik en bindingskwaliteite van verskillende industriële kleefstowwe. Later was daar bier en pizza in 'n seminaarkamer. Ek was diep onder die indruk van die waansin in my beroep. Die gekettingrokery. Alkohol. Die onsamehangende gesprekke van veral die ouer skoenlappers, die mistige oë wat na alles soos deur tralies kyk.

Ek het geleer om vlak asem te haal wanneer ek met die vlugtige chemikalieë werk. Later het ek verbeter op die tegniek en my asem begin ophou as die gomhouers oop is en ek die kwas in die Bostik 999 druk en die voorbereide area op die skoen asook die uitgeknipte Topy-sole met gom bedek, die kwas terugsit, die gompot toemaak. Dan eers, 'n minuut en 'n half met 'n ontspanne gesig later, skep ek asem. Dié tegniek is egter nie onfeilbaar nie. Die sukses van my besigheid hang grootliks daarvan af dat ek onderbreek word deur iemand wat 'n duplikaatsleutel wil hê, of 'n paar skoene wil inhandig. Dan die onafwendbare. Ek moet my mond oopmaak, asem skep en praat. Dis dán wanneer die dampe ingang vind. "Tot u diens . . ."

★

Om lank te wag is nie lank genoeg nie. Want die een of ander tyd klop iemand teen die venster en vra: wat doen jy hier? En dan moet jy weet. Jy moet kan sê. Ek is hier omdat ek moet sus en so. Ek is 'n privaatspeurder of iets. Ek wag om te sien. Ek sien en wag. Ek sien.

Dis waar alles begin. Die oog. Eintlik behoort die lyf aan die oog. Waar die oog kyk, daar loop ons. Ons dra skoene om 'n spoor vir die oog te laat. Oog spoor spoor oog spoor. Fokken ha-ha-ha-ha. Niemand dink eintlik daaraan nie.

Buiten ek natuurlik. Fokken ek. Slim. As ek 'n ou ontmoet, kyk ek na sy skoene en sy oë. Ek check dit uit. En ek onthou spore. En reuke.

Ek hou van drugs. En doos. Ek is 'n bedwelmde jagter.

Piel ook. Ek ken al my vriende se piele. Ek ken die are daarop. Die velle en die velloosheid. Die styfheid en die mindere styfheid. Die gedigte, want 'n slap voël is altyd 'n verhaal.

En doos? Ha-ha-ha-ha lag ek. Onverken en onbekroon.

My eiland 'n repie grond in 'n ontsaglike oseaan. En dis nie 'n grap nie. Want taal ontglip, duik onderdeur, byt nie aan die hoek nie, alles is ver.

★

As jy nou eers aan die anderkant aangekom en jouself ingesetel het, kan jy die bewegings van die voëls begin naaap. Sonder om selfbewus te wonder of iemand jou dalk herken, kan jy stadig in jou spore soos 'n kraanvoël sink en op jou enkels draai. Jy kan voel hoe die gewig van jou een been oorbeweeg na die ander. Jy kan jou skouers lig, dan jou elmboë, en dan volg jou hande, vingers afwaarts deur die lug asof dit water is. Daar's soveel dinge wat jy kan doen. Met jou een voet in jou lies kan jy op die ander een staan, jou hande in gebed voor jou borskas, jou oë op die grond gefokus. Jy kan oefen om soos 'n boom in die wind te wieg. Of om bakkop soos 'n kobra te maak. Die tong te flits. Ontspanne in jou konsentrasie. Of jy kan leer asemhaal soos 'n leeu of 'n sfinks dalk. In deur jou neus, jou borskas stadig vol suurstof tot teen jou sleutelbene getrek, jou ribbekas gespan, jou naeltjie effens teen jou ruggraat in, dan, met jou oop mond en jou tong so ver moontlik uitgesteek, blaas jy jouself dolleeg. Luid deur jou keel. Hggggg. Dis hoe 'n leeu asemhaal, sê hulle.

So het dit dan ook al gebeur. In die verlede. Altyd in die verlede, die stories. Jy kan 'n nuwe blaadjie in die interklopedie omslaan. In 'n ander taal uit die kas klim. Maak net soos en waar jy wil. In ieder geval kan jy jou oë op enige plek nie glo nie. Met 'n graaf spit ek sooie uit die wal en maak lêplek vir die afgewerkte basaltrandstene wat ek by die plaaslike kwarriewerf koop. Trapsgewys, van onder af boontoe, bou ek trappe teen die ongemaklike helling uit. Die eerste drie klippe word in die lengte so waterpas moontlik gelê; en dan word daardie lyn deurgaans van trap na trap tot bo gevolg. Die piramides is grootliks uit basalt gebou. So ook die antieke eilandstad Nan Madol. Volgens oorlewering het die rotse soos voëls na hul staan- en lêplekke gevlieg. Die klippe vlieg soos voëls om nes te maak in Nan Madol. In dieselfde asem, dalk, 'n swerm monoliete se vlerkval na Stonehenge. Ek gebruik sestien klinkers om die stel trappe te voltooi. Party van hulle toon reeds mooi tekens van verweer. Klippe is geduldig. Die verhouding tussen plante en klippe is heg en eenvoudig. Albei baat by die teenwoordigheid van die ander. Net om in elkaar se nabyheid te wees is genoeg. Klippe se geheue omvat alles. Ek onthou die monumentale klipstrukture wat John Miles teen die hang van die Rooiberg gestapel het. Met die ontdekking van dié randstene het ek geweet ander dinge kan wag.

Toe reën dit die een naweek. Soos nooit tevore nie. Die dak bokant my dogter se kamer begin lek en 'n deel van die plafon tuimel in. Dit is dieselfde tyd dat ons nuus ontvang ons burgerskap is toegestaan. Dis seker die minste wat 'n mens kan verwag. Jy emigreer en die ou god van nasionalisme, 'n jaloerse bliksem, herinner jou daaraan dat dinge oral verkeerd kan loop.

Met klip kan jy nie laat slaplê nie. Dis geduldige werk. Elke dag 'n stuk. Onthou, die klip moet gekarwei word. Die eerste lot is by my huis afgelewer. Dis nou die sewentien, die laaste tien het ek met my Toyota Corolla aangery. Op 'n eiland is daar nie onbeperkte hulpbronne nie. Jy kan nie sommer in jou bakkie spring en 'n vrag klippe op jou vriend se naweekplasie in die Rooiberg gaan laai nie. Ek betaal agt dollar elk en onderneem drie ritte heen en weer want die ou kar kan nie meer nie. Een vir een stadig met 'n kruiwa teen die steiltes af. Trapsgewys maak ek tuin asof dit die laaste betekenisvolle daad op aarde is.

Êrens in 'n sonnige vertrek, van aangesig tot aangesig met 'n ou geliefde. Destyds sou ek haar van Meester Jek vertel het. Die ou man uit die Jang-dinastie van tai chi-geïnisieerdes. Hy is in sy laat tagtigs, maar sy lyf vloei soos water, waai soos 'n syserp in die bries. Niemand kan hom omstoot nie. As hy in die perd-asana staan, is hy so sterk soos 'n boom. As jy aan hom probeer slaan, laat hy die energie wat by jou begin in 'n sirkel deur hom vloei en weer by jou eindig. Jy moker jouself katswink. Mense vlieg soos vrot velle deur die lug as hulle hom in groepe probeer takel. In volle swang herinner sy aksies aan tonele uit Bruce Lee movies. Meester Jek se oë vernou tot strepies onder sy wenkbroue en dan skater hy.

Soms is ek heeltemal nutteloos. Ek neem die kinders skool toe, gaan terug huis toe, lê op die bank en bedink allerhande maniere om myself van die gras af te maak. En terwyl ek myself met hierdie jammerlike dinge besig hou, is ek ook ten volle bewus van die belaglikheid van die hele situasie. Ek weet ek is depressief, want ek ervaar die wanhoop. 'n Ou pes, 'n opdringerige ding, altyd onwelkom, wat die toneel betree en oorneem. Jou brose konstruksies tuimel ineen en jy verloor jou selfvertroue, jou uitsigte verbleek toenemend as gevolg van veranderinge in jou breinfunksie, jy word angstig op ongeleë tye, jy onttrek jouself aan die maatskappy. En tog, êrens, is daar die vae wete dat ek eendag weer beter sal voel. Dat ek soms miskien wil doodgaan van die hartseer ... Dis 'n meta-depressie.

★

Op hierdie eiland kan dit reën. Weke aaneen. En as dit so reën, en die wind hou nie op nie, en dit reën, en die wind hou nie op nie en die dakplate ratel en die kelders verspoel en die grond verskuif teen die steiltes af en versper die paaie en dorpe en gemeenskappe bevind hulself afgesonder van die res van die wêreld, dan val bome ook om, derduisende bome. Ou bome. Beukebome, totara en kauri. Sommer net so, op 'n dag, word eeue se groei platgetrek. Dis wat hier gebeur. Van die begin af. Dit reën weke lank aanmekaar, die grond word worteldiep deurdrenk, en dan die wind, die wind uit die noordooste, en dié wind druk, stadig eers, tagtig, negentig kilometer per uur, vir 'n dag of twee. Dan sterker, honderd, honderd en twintig kilometer per uur, en die vlae der vlae hou ook nie op nie. En die wind word sterker. Honderd en veertig selfs. En alles wieg in hul wortels. En die draadloos kraak waarskuwings uit want televisie-ontvangs is lankal reeds ontwrig. Wind en reën. En dis nag natuurlik, en waar is die maan tog? En alles intensiveer. Dinge skeur en klap en ronk. Reën en wind. 'n Stewige staal-en-glastafel word van ons dek af weggeraap, televisie-skottels, hondehokke, asblikke, dakplate woer soos frisbees verby. Dan word dit meer persoonlik, 'n spa-bedekking van 'n buurman of iemand verder af in die straat tref ons huis, breek die vensters en die reën en die wind nooi hulself in. Reguit boekrak toe. Later, ná hoeveel dae se nag, as die son soos 'n herbore god oor die verwoesting opkom, en 'n mens die honde se geblaf weer hoor, begin ek rondbel vir glas-installeerders om die gebreekte ruite te vervang, ambags-manne om die skade aan die heinings en die huis te kom herstel. Dan vat ek die mop en ou handdoeke en die groot rooi emmer en die plastieksakke en begin om die water op te slop en die papperige boeke in die sakke te druk. Een ná die ander boek, lojale bondgenote wat my oor hoeveel oseane in kartondose en in skeepskratte tot hier gevolg het, boeke wat tye en tydvakke in my lewe verteenwoordig, boeke wat my gemaak het wat ek is, geannoteerde boeke, boeke met onderstreepte passasies van belangrike kwotasies van wysgere en skrywers en mistici, digters en denkers en edele dwase, verlooptes, godsdienstiges en godslasteraars, anargiste en revolusionêre, leuenaars en beroepskriminele, hoere en maagde en sadiste en masochiste. Skielik is al hierdie boeke papperig en slap soos Dali se horlosies. Net die herinneringe volhard.

*

Natuurlik weet ek hoe dinge inmekaar steek. Vanoggend weer, toe ek uitstap op die dek en die dag oor die Stille Oseaan sien breek, het ek iets van die aard van genesing begryp. En van tyd. Dis 45 dae sedert ek my nuwe titanium-en-plastiekknie ontvang het, en hoewel ek nog heelwat ongemak ervaar en nie terug werk toe kan gaan nie, loop ek reeds sonder krukke, bestuur my kar versigtig deur die strate. Elke dag is die knie 'n bietjie beter. Ek het die meeste van die hoop pille wat ek ná die operasie moes drink, gestaak. Dis 'n indringende prosedure: hulle sny jou knie oop, skuif die patella eenkant toe en verwyder die ou afgetakelde artritisbeen en die oorblywende kraakbeen en dan skroef hulle titanium in die plek van die verwyderde been en hulle glip 'n lekker dik stuk plastiek in waar die kraakbeen eens was, plaas die patella weer in plek, en naai die spulletjie aanmekaar. Een van die grootste deurbrake in die mediese wêreld in die twintigste eeu. Ek het met my ortopedis gepraat net vóór die operasie. Hy het 'n chirurgiese reënjas oor sy klere aangehad en gumboots gedra. Natuurlik omdat hy uit ervaring weet hoeveel bloed in die teater spat en vloei, hoeveel stukkies been en kraakbeen vlieg, want elektriese sae en bore word ingespan, hamers, skroewe van vlekvrye staal. Hy het al honderde knieë vervang, duisende selfs, en ek gun hom die glansende Lamborghini in die parkeerterrein van die Mercy Ascot-hospitaal in Remuera. Ek gun hom twee Lamborghini's. En nou reeds, 'n skamele 45 dae ná die operasie, leef ek vir die eerste keer in jare, 'n dekade selfs, nie meer in pyn nie. Fisieke pyn, bedoel ek nou. Want ek weet hoe dinge inmekaar steek. Dis nie altyd moontlik om te sê wat 'n mens wil sê nie. Ek weet ek het dit al voorheen gesê, maar almal herhaal hulself tog. En buitendien, woorde skiet meestal te kort. Juis wanneer 'n mens oor pyn praat. Selfs doodgewone pyn soos tandpyn kan 'n mens aan betekenisgewing laat herkou. Hoe lank kon ek nie die woorde vind vir my intense ongemak nie, deels omdat ek dit so diep verdring het dat ek nie eens bewus was daarvan nie. 'n Dubbele dosis kiestandpyn het deel van my alledaagse bestaan geword, was reeds vir jare. Pynpille by die handvol, soos smarties of M&M's. Neurofen, Panadol, Kodeïen-sulfaat, Tramadol, Disprin, Voltaren, Grandpa, wat 'n mens met 'n groot gesukkel in dié land kan kry. Twee, vier, ses per dag, en dan dikwels nog 'n paar voor ek gaan slaap. Dan het ek in die nagte nog opgestaan ook. In die medisynekassie gevroetel in die donker. Enigiets vir die pyn. Naeltjieolie, rum, brandewyn, wyn ...

Onbegryplik dié patologie, want hoekom sou 'n mens so ly as daar 'n tandarts om elke hoek en draai is, skaars 'n kilometer in die pad af? Al wat ek moes doen, was om 'n afspraak te maak, in my kar te klim, tandarts toe te ry, myself aan te meld by die vriendelike ontvangsdame. Ek moes myself net oorgee, sê help my asseblief. Ek leef in pyn, veral hierdie twee boonste kiestande vergal my lewe. Kyk, elkeen ratel jare reeds in sy eie abses, vergiftig my hele sisteem, dra by tot 'n verhoogde risiko vir hartverlamming en 'n hele rits aandoenings. Help my asseblief. Dis al wat ek moes doen. En tog, ná al die jare se uitstel en afstel en ontkenning het ek myself daarvan oortuig dat 'n simpatieke tandarts 'n rare verskynsel is, dat die meeste van hulle, indien nie almal nie, eindeloos bevrediging put daaruit om te sien hoe jy kriewel, bietjies-bietjies in jou broek piepie as die staalpunt van die een of ander gesteriliseerde instrument die lewende senu in die wortelkanaal prik. Hoe meer jy kriewel, hoe indringender hul drif, en natuurlik hoe stewiger ook die rekening aan die einde van die sessie. Dit het my amper 'n halwe eeu geneem om 'n tandarts te vind wat ek kan vertrou, aan wie ek myself kan oorgee en kan sê doen wat jy wil en doen wat jy kan om sin uit hierdie verskriklike gebit te maak. In dié vyftig jaar het ek meer verfoeilike tandartse besoek as wat ek tande gehad het, en ek kan hulle steeds een vir een in volgorde opnoem: De Roos wat wortelkanaal-behandeling aanbeveel het en totaal misluk het en my deur sewe kringe van die hel laat draai het; slagter Steenkamp met die koningsproteas in sy voortuin wat my tand met mening uitgepluk het nog voordat die lokale verdowing behoorlik begin werk het; en dan was daar die gevoellose Hollander, ene Houtwipper, met sy lompe, vlesige vingers soos piesangs in my mond. Tandartse wat eintlik niks met my te doen wou hê nie. Hulle wou nie die probleem aan-spreek nie. Maar toe, ná jare se lyding, verlore in 'n onsimpa-tieke dentale wildernis, en nadat 'n goeie vriend my na hom verwys het, beland ek by Chris Ferreira in Takapuna. "Laat ons sien," het hy gesê, en met dié drie woorde, in vol-maakte Pretoriaanse Afrikaans, het hy my op die weg van genesing geplaas.

*

Een van my eerste maatjies het twee huise van ons af ge-woon. John Hendriks was sy naam. Ons het mekaar elke dag gesien, behalwe Sondae natuurlik, want dit was die sabbat, die here se dag, dan was dit kerk en Sondagskool gevolg deur middagete. Dan het die grootmense gaan slaap en later, as die kinders hulle per ongeluk wakker maak, het die kinders slae gekry. Hoeveel keer moet ek vir julle sê om stil te bly! Sondae was kerkdag en eetdag en slaapdag, en slaandag. En naaidag, het ek eers later uitgevind. Maar miskien het al hierdie dae net een keer gebeur en dalk nie eens op 'n Sondag nie, maar dit het so in die geheue vasgesteek en vir ewig 'n persoonlike mite geword; 'n doring in die vlees, 'n goording in die gees. Eendag by John Hendriks se huis het ons cowboys en kroeks gespeel en ek het 'n plastiekonderbaadjie gedra en op 'n onsigbare perd deur hul agtertuin galop en in die proses 'n perdebynes die josie in gejaag en die volgende oomblik het 'n swerm rooiperdebye my bygedam en ek het al gillend huis toe gehardloop met die zoemende insekte soos 'n briesende wolk agter my aan. My arms en nek was vol steke en Ouma Sophia het dit met haar tuisgemaakte paraffiensalf behandel.

'n Ander keer het ek 'n blikkie kondensmelk na John se huis toe geneem. Met 'n spyker het ons twee gaatjies in die bokant van die blikkie gedruk en beurte gemaak om die melk uit te suig. Sy ma het gesien wat ons doen en hoewel sy hóm van 'n kant af uitgetrap en belet het om dit te doen, kon ek sien sy was kwaad vir my. Hoeveel keer moet sy hom dan vertel dat ander mense kieme het en dat kieme siektes oordra? Ek is dadelik huis toe met my halwe blikkie kondensmelk, diep ongelukkig dat ek kieme het, onsigbare klein diertjies wat ander mense siek maak.

Die ou huis in Tweedelaan, die ou huis met die sagte son, met die tuinhekkie van smeeyster en die dahlias en rose in die voortuin, die krismisrose by die trappe wat voordeur toe lei. Ek het gedink ons was die enigste mense op aarde wat 'n ou huis langs die treinspoor vir 'n splinternuwe een op die plotte verruil het, maar later het ek uitgevind dat dit 'n vooruitboertyd vir ons mense was en dat so te sê almal 'n ou huis iewers agtergelaat het.

Ek kan nie onthou hoekom ek gehuil het nie, miskien was dit omdat ek gesien het hoe die seuns in die bloekomwoud die mosadi met klippe gooi en haar vloek. Moratta ma ting ting (?) het hulle geskreeu en ek was bang. Ek het nie geweet wat dit beteken nie, maar het besef dit is nie iets wat 'n mens 'n ander mag toesnou nie, ek weet nie, ek weet nie ek weet nie. Ek het gevoel hulle doen verkeerd. Hulle was groter as ek en ek het niks gesê nie. En omdat ek niks gesê het nie, was ek bang.

Ek het miskien gehuil omdat my pa weer aan my geslaan het. Ek weet nie wat ek dié keer gedoen het nie. Maar geslaan het hy my. Vat so, my kind. Ek is lief vir jou. Buk. Dis hoe liefde voel. Buk. Liefde is om iemand anders na jou wil te rig. Om die boompie te buig as hy jonk is. Dink jy dit is vir my lekker om aan jou te slaan? Dink jy so? Ek wil dit nie doen nie. Dit maak my net so seer as wat dit jou maak. Doef! Vat so. Daf! Miskien het ek gehuil omdat ek hom nie geglo het toe hy gesê het hy is lief vir my terwyl hy my slaan nie. Ek weet nie. Miskien het ek gehuil omdat my ma nie soos Ouma Sophia tussenbeide probeer tree het nie. Uit die pad, Mam, uit die pad. Doef! Moenie inmeng as ek my kinders wil tug nie. Daf! As iemand iets verkeerd gedoen het, moet hy verantwoordelikheid daarvoor neem, sy straf soos 'n man kan vat. Selfs 'n seun van vyf moet sy straf soos 'n man kan vat? Hoe vat 'n man sy straf? Behoort 'n seuntjie te weet hoe om 'n man se straf te vat? Miskien het ek gehuil omdat ek nie geweet het wat om te doen nie. Miskien het ek gesien hoe magteloos my ouma is, dat sy nie daarin kon slaag om haar geliefde kleinkind uit die greep van haar brutale skoonseun te red nie. Familie, jy sien. Almal weet hulle fok jou op, soos Philip Larkin verduidelik het.

Kyk, daar stap hy saam met sy pa, die prokureur, die ver- dediger van mense in die pekel. Wanneer was dit? 1965 miskien. Toe was hy 'n skamele sewe jaar oud. Wat besiel sy pa om hom saam te neem na die aanhoudingselle onder die howe? Behoort daar nie 'n ouderdomsperk op sulke plekke te wees nie? Dis in hierdie kerkers van die strafstelsel, waar die aangeklaagdes wag om "geprosesseer" te word, waar hy die vrou in die sel gesien het. 'n Swart vrou omtrent so oud soos sy ma. Sy het haar kop in haar hande vasgehou en bitterlik gehuil. 'n Weeklag wat tot in sy binneste deurgedring het. Wat haar oortreding was, het hy nie geweet nie, miskien het sy nie haar pasboek by haar gehad nie, want dis hoe dit toe was, swart mense moes pasboeke dra, maar die beeld van die hartseer vrou het hom altyd bygebly.

En as die herfsson so op die werf val en alles lyk ryp en goud en vrede heers op die oppervlak, Vlekkie kou aan 'n been, die hoenders skrop in die werf, as al dié dinge gebeur, en die katobadruiwe is swart en ryp, glippertjies het ons hulle genoem, want hulle glip uit hul doppies in jou mond, sulke soet, geurige ontploffinkies soos klein orgasmetjies in 'n seuntjie se mond. Is dit dan verby? Wat gaan van al die oortollige vrugte word? Gaan niemand dit dan inlê of tameletjie van maak nie? Kyk hoe lê die kwepers onder die boom, en is dit nie 'n skande om die granate so aan die tak te sien vrot nie, die vye, die kakamasperskes . . . Om so te mors is 'n sonde. Want daar is iets soos sonde. Iets wat jy doen of nie doen nie en as gevolg van jou optrede

of nie-optrede word ander mense benadeel, verdruk, ver-
dring, onderdruk. As mense aan die ander kant sterf van
die honger, en jy mors met vrugte hier, wat dan? Wie gaan
sê? En nie net mense nie, diere ook, want mense is diere
ook, akkedisse en paddas en visse selfs. Mense is nie regtig
sulke watwonderse ape nie. Maar as die son so skyn en dis
laatherfs en dit voel of die wêreld oor die rand van onder-
gang hang, kan 'n mens nie help om opgewonde te raak
nie, want só kan dit nie aangaan nie. Hoe ver kan dinge
val voordat dit die bodem tref? Hoe diep is die put? Is daar
enigsins 'n put? 'n Bodem? O goeiste, wat as daar nie 'n
bodem is nie, as val die absolute stand van dinge is, as ons
net val val val, altyd afwaarts, af, altyd op pad ondertoe,
nooit die soet geur van die dood proe nie? Wat as dit die
geval is? As die son so skyn, en dis herfs, en jy wil weer
van voor af begin (waar is Vlekkie dan tog?) en dinge val
buite jou bereik, jy voel daarna, maar dinge breek, selfs tyd
versplinter in fladderende momente en wie tog gaan iets
aan die oortollige vrugte doen? Mors is sonde. 'n Mens
moenie mors nie. Nie met mense nie, maar veral nie met
kos nie. Soms het iemand aan die voordeur geklop en dan
was dit 'n boemelaar wat nie van beter geweet het nie; nie
geweet het dat die voordeur net vir formele mense soos
dominees en begrafnisondernemers bedoel is nie. Dan is hy
gou aangesê om om te loop, agterdeur toe, waar hy dan 'n

paar snye bruinbrood met appelkooskonfyt op gekry het, en 'n blikbeker stroopsoet tee. Dit was die enigste dis op die boemelaarspyskaart by ons huis. Twee of drie rojale snye bruinbrood met plaasbotter en appelkooskonfyt en tee. Hoor hoe praat hulle. Sommer net die mense in die omgewing. Luister. 'n Mens word nie sommer net 'n boemelaar nie. Daar is natuurlik mense wat bloot sleg is. Sleg en lui. O my kind, daar is nou vir jou 'n slegte spulletjie. Suip! Soos jy nog nooit gesien het nie. En vuil! Sommer net sleg en vuil. Soms het iets met hulle gebeur. Iets in hulle bloed. Dranksug. Of sommer bloot swak. Skisofrene. So iets. Die kind sien die plooie in die bedelaar se gesig, soos leivore, sien die mens met die hemelblou oë, sien hoe hy die brood in hompe in sy mond prop, sien dat die lewe 'n verskrikking is, dat almal bang is om dood te gaan. Poppie en Ouma Sophia in die kombuis, seker besig om perskes in te lê. Buite die kind en die boemelaar. 'n Mens moenie mors nie. Die kind het later vir John Hendriks gesê hy het 'n plan. Hulle moet hul sakke pak met brood en konfyt en kondensmelk en op reis gaan. Wegloop. John het gesê hy weet nie wat sy ma sal sê nie, en die seun het gesê hulle kan elkeen hul eie blikkie kondensmelk saamneem. Durban toe, het hy gesê. Durban was die verste plek waaraan hy kon dink.

★

Eintlik moes ek lankal met dié boek begin het, maar net as 'n mens gaan sit en begin skryf, kom die kinders van die skool af en dring hulle aan op middagete en dan skakel jy maar die rekenaar af en smeer brood en sny kaas en bak eiers. Alles wentel mos deesdae om die kinders in hierdie kindgesentreerde era, en vra hulle om middagete, doen ek wat gedoen moet word. Die kinders moet tog eet, en dis nou nie dat daar juis 'n tekort aan goeie leesstof is nie. Of dat iemand skielik gaan vra wanneer laas het julle 'n storie van Ryk Hattingh gelees en ai tog, hoe mis 'n mens nie sy alternatiewe, aweregse benadering tot dinge nie. Sy vreemde fiksies. En wat het in elk geval van hom geword? Laas het ek gehoor hy woon nou in Nieu-Seeland. Van alle plekke. Fokken cop-out as jy my vra. Wie het nou ooit kon dink dat hy 'n glyer sal word? En fokken Nieu-Seeland! Jissis. Vervelig verby. Elke drie minute gebeur fokkol en dan hou dit vir 'n dag aan. G'n wonder hulle speel so goed rugby nie. Dis al wat hulle kan doen. Rugby en roei, want die twee ou eilandjies dryf mos soos twee drolle doer onder in die see rond. Nou roei hulle maar om en om die drolle en speel rugby. Fok, wie wil nou dáár gaan bly?

Eintlik moes ek lankal weer begin skryf het, miskien selfs net nadat ek hier aangeland het. 1997 reeds. As ek elke dag net een bladsy geskryf het, kon ek darem nou 'n allemintige boek aan die wêreld bekend gestel het. Dink jou in, oor die vyfduisend bladsye van 'n alternatiewe en aweregse blik op die werklikheid. Vreemde fiksies uit die Suidsee. Fok, ek het dit deur my vingers laat glip.

★

Op 1 Desember 1997 het Milan Gazarek die sleutels van die winkel aan my oorhandig. Ek was verheug om die laaste van die Slowaak te sien. Die winkel was nou myne. Vir die eerste keer in my lewe was ek my eie baas. Ná drie onsmaaklike maande saam met die Slowaak in die winkel het ek die basiese beginsels van die bedryf in 'n mate verstaan. My repareerwerk was gangbaar, hoewel nog stadig, en die eerste paar jaar het ek dikwels deur die nag moes werk om alles klaar te maak. Die man wat eens deur woestyn en veld en die groot ooptes van 'n kontinent gehuppel het, se lewensruimte het aansienlik gekrimp. 'n Kiosk van twee by vier meter het my habitat geword. Vanuit dié hokkie op 'n eiland het ek, ses dae per week, een en vyftig weke per jaar, my klante bedien, sleutels gedupliseer en skoene gerepareer. M. het in die oggende ingekom om die gravering op die Gravograph te doen. Ek en M. in ons winkeltjie . . .

Ons het mekaar die eerste keer in Desember 1984 raakgesien. By Hans, die Duitse toergids, se partytjie by sy huis in die Harkervillewoud buite Plettenbergbaai. Die enigste ligpunt in 'n andersins verskriklike jaar. Met my ghitaar by 'n vuur en met 'n bottel tequila tussen my en Maria, die katoolse Hollandse vrou vyftien jaar ouer as ek, knus onder 'n kombers langs my met haar hand in my broeksak. Die skrif was aan die muur. Uitgerafel soos die bruidskleed, my eerste huwelik van drie en 'n half jaar . . . Toe daag Nat, 'n ou vriend, en sy verloofde, Maxine, en dié se suster, M., by Hans se huis op. Al die pad van Johannesburg af. Op soek na my. 'n Lang storie oor hoe hulle my gevind het. Ek was goed vertroud met die weë van buitensporigheid. Ek het volhard in my oormaat. My oë het uitspattig uit my skedel geflits. My hele lyf het gevibreer, in my murg en vesels, bene en senings. My oë het niks ontsien nie. Alles om my was aan skerwe, almal was verwond en teleurgesteld. Nobody's fault but my own, sing ek die blues . . . Die drie besoekers het die gloedkring van die vuur betree. Dis toe dat ek haar die eerste keer sien: M., met haar skitterende voorkop, haar ewige slape, skouers soos duine, heupe . . . Elke atoom in my lyf het gekantel. Ek het na haar gekyk met oopgesperde oë soos wanneer 'n mens na 'n komeet in die nagruim soek. In daardie oomblik is haar beeld vir ewig in my vasgelê.

In 1999 het ons ons derde kind verwag en ek was verplig om 'n ander helper te soek. Iemand om die gravering te doen, sleutels te dupliseer, as buffer tussen my en die klante te dien. Ek het my voornemens met van my klante ge-deel en voortgegaan met my werk. Ek het myself verras. Ek het 'n rigting ingeslaan en volgehou daarmee, en twaalf jaar later is ek en my winkel 'n instelling op die dorp. Ek is die plaaslike skoenmaker en die mense vertrou my. Met hulle skoene. Skoene is intieme artikels, en mense laat nie sommer enigiemand daaraan peuter nie. En dit is waar ek 'n rol speel. Hulle plaas hul skoene op die toonbank voor my neer en open hul harte en hul beursies. Afgetrapte hakkies, deurgeloopte sole, verfrommelde binnesole, losgetrekte stikwerk . . . Hulle laat hul skoene in my sorg. Die beste in die land, hoor ek hulle sê. Hulle vertel hul vriende van my en daar gaan nouliks 'n dag verby dat iemand nie 'n sakkie tuisgebakte Anzac-koekies, godsdienstige traktaatjies, appelkooskonfyt, ingelegde vye, komplimentêre kaartjies vir die simfonie, of 'n potjie saailinge op my toonbank agter-laat nie. Min mense het aspirasies om skoene te repareer, en dié wat hulself wel daarin begewe, doen dit omdat hulle nie 'n keuse het nie. Dit is 'n laaste, desperate poging om 'n dollar te verdien, 'n lewe te maak. 'n Nuwe gesig agter die toonbank in 'n skoenmakerswinkel word egter met suspisie bejeën, want dié is dikwels 'n Oos-Europeër met buitensporige kwalifikasies in astrofisika of Russiese letterkunde wat ná seisoene se futiele gewerksoek en uit wanhoop dié ambag takel. So 'n mens mag dalk al die kennis in pag hê en breedvoerig uitbrei oor die verstommende eienskappe van die Lyman-alpha-blerts 12,9 miljard ligjare van ons sonnestelsel af, maar as hy nie jou Charles Jourdan-aandskoene met die nodige respek behandel en behoorlik repareer en opkikker nie, is sy skoenmakersdae van meet af aan getel.

Vink se pa het my genader en gesê hy het gehoor ek is op soek na iemand en of ek nie sy seun 'n kans sal gee nie? Ek was maar te bly iemand toon belangstelling en het gesê sy seun moet homself kom voorstel en dan sal ek besluit. Toe daag Vink op. 'n Tenger negentienjarige knaap met 'n smal gesig en 'n middelpaadjie en 'n silwerraambril met allemintige lense wat sy blou oë soos muurbalballe vergroot. Die Lynx-walms het uit hom opgeslaan. Ek het nie geweet wat om te vra nie en het die gespanne knaap laat praat. Vink het vertel hy is 'n soldaat in die Heilsleër en dat hy die eed van nugterheid afgelê het. Hy het vertel van sy liefde vir musiek en van sy betrokkenheid as kornetspeler by die nasionale jeugorkes van die Heilsleër. Buiten koerante aflewer en twee maande as 'n vakleerling by 'n onderneming wat klaviere herstel, had hy geen werksondervinding nie. Ek het vanaf die eerste oogopslag getwyfel of ek die seun moet aanstel. Vink se hande het verklap hy is nie opgewasse vir die werk nie. Sy uiterlike voorkoms het ook veel te wense oorgelaat. Dan was daar nog die hele kerkding: Jesus min my salig lot met macaroni-dun vingers waarvan die naels tot in die lewe afgekou is. Ek het in die gretige oogballe van die puer aeternus gekyk en gesê dis goed so, as hy dink hy kan saam met 'n toegewyde hedonis in die allerkleinste winkel in die wêreld met die dorp se deurgetrapte skoeisels aan sy voete staande bly, moet hy agtuur die volgende oggend aanmeld. In werksklere, dis nie 'n modeparade nie, het ek gesê, jeans en T-shirt is okay, en ek het hom vriendelik versoek om liefs nie sweetweerders te gebruik nie. Dit gee my hoofpyn, het ek gesê.

Die volgende oggend agtuur was Vink daar en my ruimte is verder ingeperk. Ná 'n week in die winkel saam met Vink was ek oortuig daarvan dat ek die fout van my lewe gemaak het. Ek moes dit nooit gedoen het nie. Vink is te angstig, opgewen, los hier, gryp daar, stamp dit om, dat om ... Lomp, onbeholpe, met hande wat sukkel om vas te vat en 'n mond wat nooit ophou ratel nie. Sy hande en sy oë het hul eie agendas gevolg en 'n neweskikking van die twee agendas was 'n rariteit. Ek het hom verbied om selfs aan die gompotte te raak. Sleutels, het ek gesê. Spits jou toe op sleutels. Ek het 'n strategie van totale aanslag bedink om die jong vakleerling op te hef, hom uit sy puriteinse kettings te bevry. Ek het hom behoorlik onder hande geneem. Soms het ek selfs gepreek. Gooi oop die luike van gewaarwording. Laat jou sinapse dans op die maat van waarneming. Wees ontvanklik vir elke refleks in jou gesigsveld. Laat die ooraanbod aan prikkels jou vooropgestelde idees oorweldig. Van oomblik tot oomblik, verskerp jou sensitiwiteit. Vir lig. Verbysterend die hoeveelheid lig. Veral so as die son opkom. Waar dit 'n paar oomblikke gelede nog donker was, is daar nou net lig, waar jy ook al kyk.

★

Dis dan, wanneer 'n mens by die plek kom waar die reuk van die stof en die kleur van die lug jou geval, waar so te sê niks groei nie, net sterkbosse en kremetarte, 'n paar kanniedode, en baie klippe, en dis so warm en verlate dat jy kan vrek daarvan, as jy by so 'n plek kom, of miskien selfs 'n ander plek, in die nag vol donkermaan en dagga teen die rotse aan die Weskus, dat die verskriklike moontlikheid van liefde vatplek kry.

Of in 'n ander wêreld waar die son tien uur vroeër opkom, 'n plek waar môre reeds gebeur. Volgens laat berigte is daar sulke plekke. Plekke waar jy alles wat jy met jou saamdra, van jou handwapen tot jou selfoon, jou vrees, jou taal, jou vel selfs, by die ingang los, die onbekende betree, die niet omhels, jou gesig teen haar boesem druk, jouself in die katoolse dood verloor. Dié soort oorvloedige bewussyn skep groot drama waarvan die einde toenemend onvoorspelbaar word. Trouens, tragedie word nie uitgesluit nie.

*

Die son was anders in 1961. Nie so skerp soos nou nie. Die dae was ook langer. Ek kan onthou, verbeel ek my. Dit was Meimaand. Die 31ste. Ek was nog nie eens vier jaar oud nie. Ek dink ons het met die Studebaker gery. 'n Studebaker Champion. 'n Bloue. 'n Groene, sê my ma. Van Benoni af, Voortrekkerhoogte toe. My broer en ek agter, my ma, wat toe reeds 'n paar maande verwagtend was met my kleinboet, in die voorste passasiersitplek. My pa agter die stuur.

By Voortrekkerhoogte was daar die meeste mense wat ek nog ooit gesien het. En oral was vlae. Oranje Blanje Blou. My pa het my op sy skouers getel, en later het hy dr. Verwoerd aan my uitgewys, want dr. Verwoerd was die belangrikste mens op aarde. Hy het vir die bleddie Engelse gewys. Dit kon ook 'n ander keer gewees het, maar ek dink nie so nie. Dr. Verwoerd het so 'n ent van ons af verbygery. Maar hy het nie self bestuur nie. Hy het 'n hoed gedra, dink ek. Deur die venster vir die mense gewaai. Dr. Verwoerd. 'n Groot swart kar. Almal was Afrikaans. En wit natuurlik. En daar was baie soldate en hulle het gemarsjeer dat die stof staan. Dit was by Voortrekkerhoogte. By die monument, en in die monument was daar 'n vlammetjie wat vir altyd brand. En ek het op my pa se skouers gesit. Ek dink die son het geskyn. Almal was Afrikaans en kanonne het losgebrand en vliegtuie het oor ons koppe gevlieg en ons het 'n republiek geword.

In die jaar dat ons 'n republiek geword het, was my ma in die hospitaal om geboorte te gee aan my kleinboetie. Ek en my ouboet is die betrokke Sondag saam met my pa kerk toe. Die Gereformeerde Kerk. Paul Kruger se kerk, met die leuse: Die poorte van die hel sal dit nooit oorweldig nie. Ons was weer vroeg en het so vyf, ses rye van agter op die harde kerkbank gaan sit. My voete het nie die grond geraak nie en ek kon my bene laat swaai. Die orrelis, oom Piet van der Hoven, was met 'n soort stuiptrekkende oorgawe doenig om 'n gewyde atmosfeer te skep. In die agterbanke het 'n groepie jong mans gesit en gesels, aanvanklik sag, maar later, selfs met die pyporrel in volle swang, kon 'n mens hulle hoor lag. Amper uitbundig. En ek het langs my pa gesit en ek wou nie omkyk nie, want ek het geweet iets is nie reg nie. 'n Mens lag nie ... En toe staan my pa so half op, draai om en spreek hulle aan: "Hierdie is die huis van die Here! Gedra julle." En so het my pa die spotters betig. Die orde in die huis van die here herstel.

Die kerk en die here was 'n groot ding in ons huis. Ons is elke Sondagoggend kerk toe, behalwe wanneer ons met vakansie was. Niemand het dit bevraagteken nie. Jy staan op, piepie, was jou gesig en borsel jou tande, trek jou pak klere aan, skoene en sokkies, klim in die kar, en gaan kerk toe. Elke liewe Sondagoggend. 'n Erediens tussen nege en tien, en dan, ná die diens, 'n uur se katkisasie. Die Heidelbergse kategismus en die Bybel. Ons was anders as die ander susterskerke. Ons het nie gesange in die kerk gesing nie. Net psalms. Maar ons was nie regtig anders nie. Almal het kerk toe gegaan. Daar was kerke oral waar jy kyk. Gereformeerde kerke, Nederduitse Gereformeerde kerke, Nederduitsch Hervormde kerke, en dan natuurlik die sogenaamde sektes: die Apostole en die wederdopers en die spiritualiste en die ekstatiese handklappers. Dan was daar nog Engelse kerke ook. Maar in daardie jare, die vroeë sestigerjare toe ek nog vier en vyf was, was die hele wêreld Afrikaans en in beheer en ons het elke Sondag ons geloof prontuit bely. Maar nie wanneer ons met vakansie was nie. Ons het dikwels met vakansie gegaan. Bosveld toe in die winter, see toe in die somer. Bosveld en see. Ons het 'n plaas in die Bosveld gehad. Anderkant Hoedspruit. My pa en twee van my ooms het saam 'n plaas besit. Die plaas se naam was Mopani. In die winter het ons daar gaan jag. Dit was ons plaas. Maar ons het nie sommer soontoe gegaan en net geskiet wat voorkom nie. My pa was 'n regsman en hy het permitte by die destydse Fauna & Flora gekry vir 'n aantal rooibokke en dalk 'n koedoe of twee en altyd 'n blouwildebees. In die bosveld was ek lief vir my pa. In die bosveld, tussen die bome, met die biltonge wat in rye in die koelte hang en die hardekool-en-rooibosvuur in die lapa en die driepootpot met niertjies en harte en uie en wortels. In die bosveld was hy anders. Dan het hy nie gegluur nie. Dan het hy kortbroeke en sandale gedra, soos 'n kind het hy 'n pet op sy kop gesit, grappies gemaak, bier gedrink, en almal wou net naby hom wees.

Ek het my eerste geweer, 'n .410-boor-haelgeweer, op my sesde verjaardag gekry. My pa het ons van jongs af geleer hoe om wapens te hanteer. Vuurwapenveiligheid was net so deel van ons opvoeding as die Heidelbergse kategismus. In die bosveld as jong seun het ek van die gelukkigste tye in my lewe gehad. Ek het vroeg opgestaan, vyfuur in die oggend, donker nog. Dan het ek die vuur in die lapa aangeblaas en gewag vir die dag om te breek. Met eerste lig is ek veld toe, saam met Rex, Vincent se kind, wat omtrent net so oud soos ek was. Die plaas was sy werf. En teen agtuur die oggend, as die grootmense begin roer en na Disprins soek om die gevolge van die vorige nag se gefuif weg te weer, stap ek en Rex kordaat die kamp binne met 'n fisant en 'n patrys vir die pot. Soms 'n tarentaal. Dis moeilik om alles reg te onthou, want die bosveldvakansies skuif oormekaar. En kyk, daar stap die wit seun en sy swart maatjie die veld in om te gaan jag. Sien die bome. Die raasblare en mopanies en rooibosse, die wag-'n-bietjies. Die blou lug. Deurmekaarbos. Die son. Die mierleeukuiltjies in die sand. Kyk, daar skarrel 'n iets . . . bloukopkoggelmander? Dan is daar slange. Ek weet nie hoe dit gebeur het nie, maar iemand het 'n gat begin grawe en in die proses 'n slangnes ontbloot. En dit was in die kamp, naby een van die rondawels, en my pa was onredelik bang vir 'n slang. Soos vir die duiwel. En al die slange, groot en klein, se koppe is daar en dan met 'n graaf vermorsel.

Daar was 'n ou Willys Jeep, wat soms gebruik is om wild te gaan oplaai as my pa-hulle iets geskiet het. Soos 'n koedoe of 'n wildebees. Dan is die bok in mote in die veld opgesny en alles, maar alles, agter in die Jeep gelaai om verder bewerk te word in die kamp. Maar die Jeep het ook 'n ander rol vervul . . .

Ek oorweeg dit om my ma te bel, maar ek doen dit nie. Ek wil uitvind oor Samson en natuurlik Vincent. Hierdie twee mans, vanloos weer eens, moet ek bieg, en ek is ook heel seker hul regte name was nie Samson en Vincent nie, maar dis hoe ek as seun hulle ontmoet het. Hierdie twee mans was soos gode in my oë. Die manier hoe hulle deur die veld geloop het, op die spoor van 'n gekweste bok, die afbuk om 'n geknakte grashalm op te tel: die bosveld was hulle bybel. Vincent, veral, het 'n groot indruk op my gemaak. Hy, die patriarg van 'n uitgebreide familie, twee of drie vroue, ek kan nie onthou nie, maar ek weet hy het nie net een vrou gehad nie. Sy kraal was so vyftien minute se stap van ons kamp af. Samson se kraal was in 'n ander rigting.

Ek kan nie alles onthou nie. En ek wil ook nie vra nie want daar het dinge gebeur op daardie plaas en niemand wil daaroor praat nie. En die ooms is dood en my pa is dood en het stof geword. Niemand kan my help nie. Ek sal probeer onthou. Op daardie plaas. Ons plaas. My pa, oom Japie, wat met my pa se suster tannie Emma getroud was, en oom Hennie, my ma se oudste suster se man, het saam die plaas gekoop, elkeen met 'n gelyke aandeel daarin. Maar hier lê die ding, soos ek dit het: Op die plaas het daar twee Sjangaanfamilies gewoon, en koop 'n mens 'n plaas met twee Sjangaanfamilies wat daarop woon, kan jy met hulle doen wat jy wil. Ek weet nie of dit nog so is nie, maar destyds kon jy die reëls neerlê en selfs van hulle ontslae raak as jy wil. Ek weet daar is sakke mieliemeel en suiker en sulke soort dinge aan Vincent en Samson gegee, en tydens ons jagtogte was daar 'n oorvloed aan vleis en afval en oorskiet. Ek verbeel my selfs 'n keer dat ons 'n kwagga vir hulle geskiet het. Dis in elk geval wat ons dit genoem het, maar eintlik was dit 'n sebra. Donkerrooi vleis. Wildstropery was verbode, dit kan ek onthou. Ek weet nie waar my pa-hulle die streep getrek het nie, ek weet nie of Vincent en Samson byvoorbeeld ystervarke en bosvarke en hase en patryse en tarentale kon vang nie. Want waar moes hulle vleis vandaan gekom het in die somermaande wanneer daar nie gejag is nie? En was die plaas nie eintlik, as 'n mens daaraan dink, hulle plaas nie? Hulle leef onder die kameeldorings en die maroelas, daar is vuur en kleipotte vol bier, in die nagte hoor 'n mens hulle tromme myle ver, hulle ken van die hiënas op hul naam, soos honde, hulle lees die veld en ontsyfer die taal van die wilde diere. Hulle kan met een oogopslag sien of 'n rooibokooi dragtig is. En dan kom ons daar aan met ons Mausers en ons Studebakers en ons lompe geletterdheid en skiet die aarde aan die brand, kook ons potjies en maak ons biltong en ons gedroogde ribbetjies, slaan die slange flenters, laai ons kattebakke vol met die vrug van hulle land, en fokken ry terug stad toe om ander wêrelde te gaan plunder.

Die geskiedenis verander elke keer as 'n mens dit vertel. Maar dalk is daar 'n paar dinge wat nie verander nie. Of miskien wel verander, maar nie noodwendig beweeg nie. Net op een plek bly. Soos bome, byvoorbeeld. 'n Boom verander elke oomblik, en bly steeds op een plek. Ek is seker die twee maroelas in Vincent se kraal is steeds daar. As bome kon praat, sou die mense se ore getuit het.

Op 'n keer het ons by die plaas opgedaag en soos gebruiklik het Vincent en Samson kom groet. Ek was bly om hulle te sien want hulle wás die veld en om hulle te sien het beteken hier begin jou vakansie nou. Dié dag sal ek nooit vergeet nie. Danksy Vincent, die lang seningrige patriarg, wat geklee was in 'n spierwit onderrok. Niemand het 'n woord gesê nie. Die lang swart man met die breë gesig, die volmaakste tande, en met skouers soos Atlas en gespierde arms en met die effense bakbene en die growwe kaal voete wat deur klip en doring kan stap, is uitgedos in 'n onderrok. Hoekom niemand 'n foto van hom geneem het nie, kan ek nie sê nie, want vir die volgende drie weke in die bosveld het Vincent elke dag dieselfde wit onderrok gedra.

Toe word hy vir die tweede keer betrap dat hy wild steel, strikke stel. Dit kon 'n derde keer gewees het, 'n vierde selfs. Dis tog waar hy woon, en hy het nie 'n .93-Mauser of 'n 30-06-Musgrave om rooivleis vir sy potte te skiet nie. Dan stel 'n mens 'n strik, en oom Hennie het 'n rooibok in 'n draadstrik ontdek, en ek weet nie eens of dit 'n rooibok was nie, dit kon 'n duiker of 'n steenbok gewees het, want hulle hou tog so daarvan om altyd dieselfde paadjies te bewandel en Vincent lees die veld soos 'n boek, weet waar om sy strikke te stel. Oom Hennie het Vincent betrap en sy voet neergesit en besluit Vincent moet loop. Ek was te klein om alles te onthou. My getuienis voor enige kommissie sou van nul en gener waarde gewees het. Dit was juis in die tye van gedwonge verskuiwings. Mense is oral agterop vragmotors gelaai en van een plek na die ander gekarwei. Maar ek was te klein om dit te geweet het. Maar ek het geweet my oom Hennie is 'n tandarts. Ek weet nie of my pa en oom Japie met oom Hennie se idee saamgestem het nie. Oom Hennie het toue en kettings in die ou Willys gegooi, na Vincent se kraal gery, en die drie armsalige kleihutte een vir een met die Jeep soos tande uitgetrek. Dit was die einde van Vincent en sy uitgebreide familie se verblyf op Mopani.

Ek is seker Vincent het die voortou geneem. Vincent voor met 'n stewige knopkierie in sy regterhand, sy onderrok glansend wit teen sy swart vel in die bosveldson. Nou moet hy sterk wees. Hy mag nie huil nie. Hy moet koers kies na 'n heenkome waarvan hy nog nooit gehoor het nie. Hy moet dit met soveel oorgawe doen dat almal wat hom volg hul geloof behou, nie twyfel nie. Daar loop hy. Van sy woede en sy pyn en verslaentheid sien jy nie 'n greintjie nie. En sy vroue volg hom, twee of drie, dink ek, en dan miskien die ouer vrou, 'n ma van 'n vrou dalk, of 'n ouer man, 'n oom of iets. Dan die kinders. Vyf, ses, sewe selfs. En almal dra iets. 'n Bondel klere op die kop. 'n Drom. Kleikruike. 'n Transistorradio. En heel agter 'n opgeskote seun, Rex dalk, wat 'n ou fiets stoot. Tien, vyftien mense is pas van huis en haard ontneem. My vriend en sy mense is uitgeskop. Nou, hier, op hierdie plek, vyftig jaar later, give or take, almal is in elk geval dood, niemand het ooit gelewe nie, maar nou sien ek hulle weer, vir die eerste keer, in enkelgelid, deur die veld stap. Agter hulle twee indrukwekkende maroelas en, natuurlik, die bouvalle. Voor hulle, die nag.

★

Op dag 47 het dit vir my gevoel of die wêreld my versaak het. My knie, wat so mooi op koers was, het met mening gereageer ná 'n korterige stappie die vorige dag saam met M. en die hond op die strand, my eerste ná die operasie. Ek was nie meer so seker van dinge nie. 'n Ou negatiwiteit het teruggekeer en ek kon nie die voëls hoor fluit nie. Opgeswel en styf en kloppend van die pyn is die ou pynpille weer opgediep. Tramadol. Brufen. Die bevrore ertjies op die swelsel, die been in die lug. Knievervanging se moer, roep ek uit. Die fokken mediese broederskap met hul kitsprognoses, jip, ons doen dit en dan chuck ons 'n titanium-en-plastiekknie in en spring in ons blink motors en gly lughawe toe en gaan met ons jaarlikse sesweekvakansie Kaapstad toe! Hulle dink hulle weet wat hulle doen, maar hier is ek steeds op my rug ná 47 dae. Sou dit nie beter gewees het om die been af te sit en my met een van daai Oscar Pistorius-lemme te voorsien nie?

Hou op, sê M. Jy is gefrustreerd, en dis verstaanbaar. Jy weet die dokter het gesê dit gaan 'n ruk vat. Gebruik hierdie tyd eerder om aan ander dinge te werk. Hoekom skryf jy nie verder aan daardie boek waarvan jy my altyd vertel nie? Wat was dit? Ek kom in opstand. Ek is 'n gebore rebel. Ek bal my vuis. Maar dis vergeefs, want hier het ek geen sekerheid nie. Hier weet ek nie eens wie ek vandag is nie. 'n Boek? Is daar op hierdie planeet plek vir nog 'n boek? Ek huil sommer.

M. herinner my aan die keer toe ons op pad was na Manly op die Whangaparaoa-skiereiland om sewe tuinpotte op te laai wat ek vir sestig dollar op Trade Me gekoop het, en ek ineens besluit het dat ek nie langer met die ontsteekte knie kan saamleef nie. Voltaren kan net soveel doen, het ek gesê. En my knie word al erger. En ek waansinniger. Die volgende dag, 'n Maandag, het ek die spesialis geskakel.

Onthou jy dit? Want toe reeds het jy geweet jy gaan maande lank buite aksie wees, nie weke nie, maande, en dat Vink die winkel op sy eie sal moet behartig. Moenie nou staan en ongeduldig raak nie.

Die volgende dag het ek die spesialis gaan sien. Vir die tweede keer, want 'n volle jaar gelede was ek reeds by hom. Toe het hy na die x-straalplate gekyk en heel saaklik, soos 'n tandarts wat sê ons moet 'n tand trek, gesê daar is net een uitweg: 'n totale regterknievervanging. En op daardie oomblik pak 'n vrees my beet en betree ek 'n diep ontkenningsfase. En dis natuurlik ook te verstane dat my knie wonderbaarlik beter gevoel het. Ontkenning en verdringing as skanse teen die pyn. Maar pyn, as bondgenoot van die dood, oorwin altyd. En 'n jaar later, in Maart, met M. aan my sy, en ietwat nederiger, bevind ek myself vir die tweede keer by die spesialis.

Hoe het ek hom nie beswadder ná my eerste afspraak nie! Sy snyerspak, of ek dink so, want ek weet niks van snyerspakke af nie; sy netjies gekapte hare; sy belaglike duur Gucci-volstruisleerskoene (selfs die Gucci het ek opgemaak, hoewel ek weet dit was volstruisleer); sy Rolex-horlosie; sy motorsleutel sigbaar aan 'n Lamborghini-sleutelhouer. En dan, die simbool van my verset, die verskriklike titanium-en-plastiekknie op sy lessenaar. "Ons moet voortgaan met die operasie," het ek uitgeblaker, en die man met die magiese hande en die perfekte vingers het gesê dis goed so, en hy het die hele prosedure aan my en M. verduidelik. Dit kon natuurlik ook nie dadelik gebeur nie, want die wagtendes vir nuwe knieë strek omtrent 'n paar blokke ver. Dis soos om kaartjies vir 'n Stones-konsert te probeer koop.

Miskien was dit nie die strandlopery wat dit gedoen het nie, dink ek nou. Dit was die ietwat waansinnige seks wat ons die nag tevore gehad het. Op dag 45. Saterdagnag. Want daar was 'n keer, onthou ek nou, dat ek soos 'n wafferse sendeling of 'n engel of 'n ding op M. wou neerdaal en met mening penetreer, maar toe my knieg die matras tref, op presies dieselfde tyd dat my ereksie aan haar sopnat geslag raak, het die pyn soos doringdraad deur my lyf gerol en iets het iewers ingegee en ek het op my regtersy gedraai en my knie vasgehou en gekreun: my knie! my knie! 'n Sensitiewe knie, as 'n mens nie weet wat jy doen nie en begeerte die oorhand laat kry, kan jou liefdeslewe gewis 'n knou toedien. M. het opgestaan en is sonder 'n woord kombuis toe. Sy het teruggekeer met 'n bottel chardonnay en twee glase. Haar gesig gloeiend soos 'n lantern in die skemer. Ek gee nie om hoe seer jou knie vannag is nie, my lief; hoe pynlik die lewe vir jou is, hoe negatief en ongelukkig en kwaad en ongeduldig jy is nie. Vannag behoort aan ons. Aan my veral. Hier, drink 'n glas wyn, twee dalk, drie en vier. Word poesdronk. Kry dronkverdriet. Grens jouself ten gronde, solank jy klaarmaak waarmee jy begin het. Kyk, ek is nat vir jou, ontvanklik soos die see, en steeds, soos 'n dorte, sug ek na reën . . . Maar ek wil nie my begeerte met natuurbeelde verwar nie. Hier, drink nog wyn. Ek soek jou, ek soek jou snoet tussen my bene, in my lies; ek lus jou tong teen my dye op en in sirkels om my kittelaar, ek begeer jou tong in my klamtes, en dan, as ek die opwellings deur my lyf nie langer kan verduur nie, as my lippies oop en glimmend soos hekke brand, dring ek daarop aan dat jy my hard en diep binneval, hard en diep in my afsak, hard en diep teen my bodem stamp. Dis wat ek nou wil hê, en dis wat ek nou gaan kry.

★

Oh yeah. Liefde natuurlik. Waar was julle? Waar is julle? Nou, op hierdie oomblik, en dan die derde vraag, die ongemaklike een, waarheen is julle op pad? Want as 'n mens nie op pad is nie, gaan jy nêrens heen nie. Ek weet. Ek het hierdie storie, sien. Hierdie storie van my pa. Jare reeds spook dit by my. Van sy dood. Maar dis nie maklik nie, dit was nie maklik nie. Dit was moeilik. Swaar. Fok, ek dink dit was baie moeilik. Want liefde natuurlik. Ek was lief . . .

★

My liewe mens, sit, ek maak tee. Soos ek gesê het, ek het gereis op my dag . . . Geval 'n plek my, vertoef ek 'n tydjie. Elke plek het mos sy eie siel. Verlei jou in 'n oogwink. Dan is dit 'n goeie idee om nie te haastig verder te reis nie, 'n wyle te luier en te sien waarheen die nuwe genootskap jou lei. Stede hou beloftes in. Dis hoe 'n mens ontdekkings maak. Deur jou reisplan te verander, jou vlug te kanselleer, die toergroep te verloor. Dit maak dit miskien later moeiliker om afskeid te neem, want 'n mens raak lief vir plekke. En vir mense in daardie plekke. Jy hoef maar net aan 'n geliefde stad te dink en vriende doem soos berge voor jou geestesoog op. Verskoon tog, ek wil ook nou sit. Maak eers die gordyne toe. Maak die storms jou nie angstig nie? Hulle het vroeër gesê die oog gaan om en by middernag hier deurtrek. Met winde van oor die honderd kilometer per uur. Altyd in Augustus, die storms. Net soos aardbewings nie iets waaraan 'n mens gewoond kan raak nie. Ons sal moet vasklou vanaand, ek en jy . . . Hilda Gansevoort. Bly te kenne . . . Hier beteken dit uiteraard nie veel nie. Ghanzyfort, dis hoe hulle dit hier sê. Maar in New York is dit anders. Die Gansevoorts het in die 1650's daar aangeland en hulself in Beverwijck gevestig, wat later herdoop is na Albany, net so oor die tweehonderd kilometer noord van

New York. Die plek is deur die Hollandse koningshuis aan hulle gegee. Peter Gansevoort, een van my grootjies, was 'n held op sy dag. Tydens die Amerikaanse revolusie. Hulle het 'n straat in Greenwich Village na hom vernoem. Hy was ook Herman Melville se oupa aan moederskant. Die verbintenis tussen ons Gansevoorts en die Melvilles het my as jong mens beïndruk. Ek het gewonder of grootsheid net vir sekere families bestem is en of ek nie dalk aan so 'n familie behoort nie. 'n Familie wat 'n Herman Melville kon voortbring, 'n oorlogsheld. Mitologies, ons voorvaders . . . Ek het *Moby Dick* op sestien opgetel. Te jonk miskien vir so 'n ding. Daar's mos net mans op die *Pequod*. Melville was 32 jaar oud toe dit gepubliseer is. 1851. Twee en dertig. Maar ja, kom stap gou saam met my. Ek wil gaan brood koop voordat die storm ons tref. Aftakeling. Verval. 'n Jammerte dat dit 'n mens se lot is. Niemand oorleef die einde nie. Dis so woes en leeg soos voor die begin. Ek is tog so lief vir die aarde. Kyk, sien jy die eilande op die horison? Rangi, Motutapu . . . Dan die Coromandel-skiereiland doer in die verte en daar agter is dit oop see. Mare Pacificum. Tot aan die weskus van Suid-Amerika. Water. Soveel water. Intussen stap ons langs mekaar en voer 'n gesprek. Miskien moet ek eerder sê ek hoop dit ontwikkel in 'n gesprek, want as ek eers die kalklig op my het . . . Jy moet net sê genoeg nou, Hilda, ek wil ook graag iets sê. Herhaal dit 'n paar keer.

Kom, kom ons gaan koop brood. Hulle kom omtrent nou uit die oond uit.

Maar laat ek jou nou vertel. Ek was jonk. Sestien jaar oud, en ek lees die verhaal van Ahab, kaptein van die walvisskip *Pequod*, op 'n dolle vaart in die Stille Oseaan op soek na een spesifieke spermwalvis: Moby Dick, die groot wit walvis, die leviatan. Hulle het voorheen ontmoet en dinge het skeef geloop vir Ahab. Moby Dick het sy been afgebyt en sy gesig geskend. Met 'n kunsbeen, gekerf uit 'n sperm-walviskakebeen, klik-klak die gekwelde kaptein op en neer in sy kajuit in die nagte of, as die lig dit toelaat, staan hy op die brug en fynkam die see deur sy teleskoop. Ewig op soek. Op soek na die groot vis wat in sy kop spook. Moby Dick het sy siel van alle rus gestroop. Psigoties sy sug na weerwraak. En alles en almal – boot, bemanning, aandeelhouers tuis in New Bedford, familie – word oor-gelewer aan Ahab se obsessie. Dan, ná seisoene se maller en maller word op die see, kom Ahab einde ten laaste vir 'n tweede keer van aangesig tot aangesig met Moby Dick. Die walvisbote word inderhaas laat sak en beman. Met harpoen in die hand op die boeg van 'n vyfmanroeiboot, gereed vir die stryd met sy demoon, sien Ahab hoe Moby Dick op sy skip, die *Pequod*, afpeil. Reguit, en in volle vaart, bots die walvis met die skip. Die *Pequod* sink. Ahab sien hoe sy skip

en sy manskappe ondergaan en hy skree ten hemele . . .
Van die mooiste prosa. Dan sien hy die walvis draai om,
kom terug om verder verwoesting te saai. Dan kry Ahab die
geleentheid: "Towards thee I roll, thou all-destroying, but
unconquering whale; to the last I grapple with thee; from
hell's heart I stab at thee; for hate's sake I spit my last breath
at thee. Sink all coffins and all hearses to one common
pool! and since neither can be mine, let me then tow to
pieces, while still chasing thee, though tied to thee, thou
damned whale! *Thus*, I give up the spear!" Met dié dryf hy
sy harpoen diep in die sagte romp van Moby Dick. Die ver-
wonde vis swem verwoed weg, die harpoenlyn aan Ahab se
voete sing deur die gleuf in die dolboord, haak skielik vas en
Ahab buk af, stryk die probleem uit. Maar daar is 'n kinkel
in die tou en dit swaai uit en slinger, soos 'n vangtou, om
Ahab se nek. Die volgende oomblik is hy weg. Saam met
Moby Dick ondertoe . . . In die eerste uitgawe het die boek
daar geëindig, maar die kritici het beswaar aangeteken en
gevra: wie, as almal doodgaan, vertel die verhaal? Vanaf die
tweede uitgawe verskyn die kort naskriffie waarin Ismael
ons meedeel dat hy die enigste oorlewende is.

Van oorlewendes gepraat: soms, as die wind reg waai, kan
ek die brood reeds hier ruik. 'n Hele blok en 'n half ver.
Ek weet nie waar jy jou brood koop en of jy hom ken nie,

maar dié bakker kan jou van oorlewing vertel. Ek kan jou 'n kort oorsig gee. Maar dis anders as hy dit self vertel. Dan is dit meer as net sy verhaal, want terwyl hy vertel, sien jy die tekens van sy ervaringe aan hom. Die eindeloosheid van ou pyn, vrees, verlange ... alles in die kyk van die oog gesetel. Sy naam is Pak Pak. Hy was sestien, sewentien toe sy hele familie deur die Khmer Rouge saamgebondel en vermoor is. Sewentigerjare, Kambodja.

Hy sê hy kon hulle doodskrete hoor waar hy saam met sy jonger sussie onder 'n hoop takke geskuil het. Hoor dit nog. Later slaan hulle 'n rigting in en vlug. Hulle weet nie waarheen nie. Vlug net. Een voet voor die ander. Pol Pot en sy honde. Pak Pak en sy sussie . . . Ná weke se ontberinge, deur woude en moerasse, ontmoet hulle ander toevallige oorlewendes en beland op 'n gehawende ou skip. Hy en sy sussie, bootmense op soek na 'n tuiste. Toe, ná 'n hellevaart van 'n bootreis, beland hulle op hierdie eiland. 'n Vreemde plek as jy pas voet aan wal gesit het. Nieu-Seeland. Niks herinner jou aan iets nie ... Die einde van een reis, die begin van 'n nuwe een. Een voet voor die ander. Vorms word ingevul; regeringsamptenare, dokters, fotograwe, beamptes met stempels wat hulle tot by 'n hawe vir vlugtelinge in Mangere, suid van Auckland, tjap. 'n Dak oor hulle kop, kos, 'n paar stelle klere, 'n bietjie Engels. Twee weeskinders.

Hy kry skoonmaakwerk by 'n bakker. Dit was lank gelede. Hier is Pak Pak nou, my bakker. Kyk hoe staan die stoom op die brood . . . Ek loop 'n ander pad huis toe as die een waarmee ons gekom het. 'n Bietjie verder, maar ek is seker jy gee nie om nie.

Om terug te keer na Moby Dick. 'n Spermwalvis wat 'n walvisboot kelder? Daar was so 'n geval, in die 1820's, toe die walvisboot *Essex*, onder bevel van kaptein Pollard, deur 'n verwoede walvis vernietig is. In die negentiende eeu was die sinking van die *Essex* 'n bekende verhaal. Daar was oorlewendes. Dis waar Melville die idee gekry het vir sy boek.

Deesdae maak dit nie saak wat jy sê nie. Wie se woorde dra nog enigsins gewig? Agt en veertig uur ná Michael Jackson se dood was die boek reeds geskryf! Nee, maak liewer tuin. Ek hou jou lank dop. Gewonder as ek jou teen die steiltes van jou onbegaanbare erf sien, gewonder of jy gaan regkom. Die kontoere lê mos anders hier as daar waar jy vandaan kom. Dié plek is mos opgekerf. Soos 'n vis. Hoe lank woon jy reeds hier? Sewe jaar, agt jaar? Kyk wat het jy verrig. Jy's nog jonk. Die steiltes getem, terrasse gebou, stutmure . . . En die tonne der tonne grond en kompos en klippe en gruis wat oor die jare op jou sypaadjie afgelaai is en dan met die swart konstruksiekruiwa al om die huis langs gekarwei word. Soms in die reën teen die noordoos in. Sterk en doelgerig. Obsessief selfs. Dit kon ek sien. En nou jou tuin. Verbasend wat 'n enkele mens kan uitrig. 'n Mens kan jou oë nie glo nie. Jou tamaties byvoorbeeld . . .

★

Om klein te leef het 'n sekere allure. Veral as 'n mens nie 'n ander uitweg het nie. Verbrande brûe, toegemaakte deure, komplotte. Hoenders en groente en vrugtebome, 'n komposhoop onder die vyeboom. 'n Vrugbare lappie aarde in die agterplaas in 'n buurt waar heelwat van die ander mense soos ek 'n boerderytjie of iets soortgelyks aan die gang het, en ons ruil ons produkte onder mekaar uit. Heuning vir eiers, 'n bottel pruimkonfyt vir 'n groot mandjie vol groenvye, granate vir geelperskes. 'n Uitgediende utopiese aspirasie in hierdie post-industriële tye en 'n perverse oor-aanbod aan tamaties in Januarie en Februarie. En tog, dit is wat ek doen. Een dag sweef ek nog lekker saam met al die ander swewers, van President Alpha tot Generaal Omega, die magtigste mense op hierdie planeet, en nie net ons nie. Die allermooiste mense uit New York, Parys en Londen sweef saam. Supermodelle, megasterre, platinumgesellinne, atletiese pompjoggies. In oorvloed die sjampanje, kaviaar, oesters, in suurroom gemarineerde artisjokharte. Goud, juwele, ongeslypte bloeddiamante word uitgeruil. Al die dwelms waaraan jy kan dink. Die oorvloed ... Ek was daar. Ek het dit alles gesien, alles ervaar ... Toe kom ek hier te lande. Ek stap af tuin toe om eierdoppe en ou koffiemoer op die komposhoop te gaan gooi, eiers uit te haal, en toe te sien dat die hoenders kos en skoon water het. In my tuin bestaan die moontlikheid om onverwags insigte te bekom wat andersins nie moontlik is nie.

★

Ons het nie vir altyd in Tweedelaan ses gewoon nie. Ons was opwaarts mobiel en het noord getrek. Ouma Sophia het haar huis in Northmead verkoop en het saam met ons landbouhoewes, oftewel plotte, toe getrek. Poppie en Simon ook. Hulle het agter ons huis hul eie woonkwartiere gehad. Maar nie Toon nie. Toe was Toon nie meer op die toneel nie. Buiten 'n knaende teenwoordigheid in my bewussyn, soos 'n kreet in 'n droom, of iets krapperigs in 'n gewete, het ek gewonder of hy ooit werklik bestaan het. Ek weet ek het 'n foto van hom, of van iemand wat my aan hom herinner, maar 'n mens kan nie eens sy gesig sien nie. Ek bel my ma. Vra haar vir die hoeveelste keer of sy nie lig kan werp op sake nie. Is jy nou besig om van jou trollie af te raak? Het jy nog daardie bababoekie wat ek destyds gemaak het? Gaan kyk daarin. Miskien is daar 'n foto van hom daarin.

Ek grawe die boekie uit. Ek weet presies waar dit is. In die kunsleeraktetas in die ou geelhoutkas wat my skoonpa destyds aan my gegee het. Ek weet ook daar is gewis nie 'n foto van Outa Toon in nie. Ek weet dit, want ek ken elke liewe foto'tjie in die simpel boekie. Dis in 'n gehawende toestand, want elke keer as ek koers verloor of van die wa af val of deur 'n vrees vir die dood lamgelê word, elke keer as ek betekenis aan my lewe wil gee, elke keer as ek wil verhoed dat die poorte van die hel vir my oopgaan, gryp ek onder meer ook na dié verbleikte pienk boekie met *Our Baby* in silwer daarop gedruk. Maar dié ou boekie het my nog nooit gered nie. Nie in die ware sin van die woord nie. Dit het my wel soms 'n bietjie getroos, want dis goed om te weet my ma het die moeite gedoen om 'n rekord te hou van my vooruitgang op hierdie planeet. My eerste treetjies, my eerste woordjies . . . Ek druk die boek teen my gesig en probeer die ou huis in Tweedelaan nommer ses ruik. Niks. Ek lees onder die opskrif Geskenke + Besoeke, in my ma se netjiese handskrif, die volgende: Tant Max; Tant Nelie – pantoffeltjies; Susie – truitjie + skoentjies; Enid – sokkies; Mariechen; Sophie du Plessis – sokkies + borslap;

Tannie Wilson; "Crawlers" van Bettie; Kussingslopies, sokkies, truitjies, pakkies ens. van Joan; Kappie broekies ens. van André; Materiaal van Emma; Geld van Ma; Pakkie van Mevr. Kahn. "Crawler" van Heta.

My ma het drie ruikers ontvang: een van Edelstein + Kahn, 'n prokureursfirma op die dorp; een van my pa; en 'n derde van André, 'n vriendin. Dan volg 'n foto van my met toe oë op 'n wit kombersie buite op 'n grasperk. Ek lyk gelukkig. Onder die foto: 6 Maande.

Dan twee foto's van my en my ouboet in die voortuin met die ou mynhoop in die agtergrond. Op agt maande en twee dae seil ek op my magie en trek myself vorentoe met my regterarmpie, en op nege maande en vyf dae kruip ek hande-viervoet. Van Toon geen teken nie. In die volgende foto hou my ma my vas. Sy is stralend. Beeldskoon in 'n matroospakkie. Ek kyk af, na my regterhand. Nog 'n foto van my en my ouboet op 'n strand. My oë is toe. Ek sit plat op die sand. Hy sit op sy hurke. Gelukkig. Op vyf maande en agt en twintig dae breek my twee onderste tandjies deur. Nog twee foto's van my op 'n strand. En dan, die groot deurbraak, want die boekie verander van 'n derdepersoonsvertelling na 'n eerstepersoonsvertelling: My Eerste Treë. 13de September. 14 Maande 18 dae. En daar is 'n klein foto'tjie, weer eens op 'n strand, van my wat op twee beentjies loop, en ek lag. Ouma Sophia, kaalvoet in 'n wit rok, wat die appel van haar oog trots aanskou. My ouma, soos 'n godin vir ewig vasgevang tussen my en die see.

As 'n mens begin loop, is taal nie ver nie. En op die volgende bladsy dit: My Eerste Woord: Pappa!

Hoeveel keer het ek nie die boekie bestudeer nie? Maar dié betrokke bladsy onthou ek nie. Miskien het ek dit gesien, maar wou dit nie glo nie en het die ervaring verdring, want hoekom sou dit my eerste woord gewees het? Het my ma dit nie dalk neergeskryf om my pa beter te laat voel nie? Pappa? En nie net het sy die woord Pappa met 'n uitroepteken neergeskryf nie, sy het die woord Pappa met die uitroepteken in 'n blou-en-rooi blokkie aangebied. My eerste woord, volgens my bababoek met die Engelse titel *Our Baby*, was Pappa. Met 'n uitroepteken.

As ek doodeerlik moet wees, bababoekies in die algemeen is teleurstellende dokumente. Wie gee nou werklik om dat jy op 26 Julie 1957 gebore is? Op 15 September 1957 gedoop is? Deur dominee L.S. Kruger? Dat jou eerste woord ...

Miskien het ek nooit die moeite gedoen om na die lysies woorde te kyk nie. Wat kan enigeen nou wys word uit die eerste woorde en halfwoorde van 'n suigeling? Ek voel amper skaam, maar hier is dit: Baaaabá, Baba, Báábha!, Baaaabha!, Hê, Hê, Tee – (gee), Teeh.

Baba-gebabbel. En tog blaai ek verder. Op die regterkant 'n foto van my en my broer. In die tuin. Hy, soos altyd, op sy hurke met sy knieë teen sy ore, en met sy rug na die kamera gekeer. Ek by 'n groot maatemmer met 'n speelgoedkar of iets daarbinne. Op die linkerkantste bladsy twee lysies woorde, en 'n deurbraak. Op agtien maande my tweede woord, Mamma. Uiteindelik. My derde woord "hoef" vir 'n boek, "jeije" vir eier. En onder die opskrif "19 maande" dié lysie woorde, in blou ink in my ma se handskrif:

Te Tô – Outa Toon

Mmá – Ouma

Eêie – Eddie

Haou – Hallo

Nônô – Arnold

Te Tô vir Outa Toon. Te Tô! Te Tô! roep ek uit, ek het geweet jy bestaan. Jou naam was die tiende woord wat ek geleer het. Nee, die tiende en elfde woord, want dis Te vir Outa en Tô vir Toon. Twee woorde uit my woordeskat van elf! En so met twee t's en 'n e en 'n o met 'n kappie op, en die simpel kiekie van jou in my arsenaal, weet ek dat jy altyd deel was van my, en dat ek jou tot aan die einde saam met my sal dra.

Maar dit beteken nie ek gaan ophou vrae vra nie. 'n Mens moet vrae vra. Was Te Tô nie dalk Outa Toon se regte naam nie? Outa Toon kon mos nie sy regte naam gewees het nie. Miskien het hy my met sy seningrige arms opgetel, sy hande so skurf soos die Karoo se bossieveld hier teen my gepamperlangde witmensvel. "Kleinbasie," het hy dalk gesê, sy asem suur van Ouma Sophia se wyn, "kleinbasie Ryk", en my blou ogies, op toer deur die plooie op sy gesig, sien die halfgerookte met koerantpapier gerolde tabakzol agter sy oor, ek adem hom in, tabak en sweet en wyn, en ek kyk in sy skrefiesoë. Kleinbasie, my regte naam ís Te Tô.

Geheueverlies. As jy jou herinneringe nie digitaal vasgelê het en iewers in die ruim op 'n wolk of 'n hardeskyf geberg het nie, loop jy die gevaar om dit te verloor. Ineens. Jy stamp jou kop teen 'n boomtak, jy val teen die sypaadjie, jy kry 'n beroerte. Jou brein skud verkeerd en jy verloor jou geheue.

★

Maar wag, ek is nog met die vrae besig. Vrae wat ek weet nooit beantwoord kan word nie, maar dit beteken tog nie 'n mens moet hulle nie vra nie. Daarom, net gou, sodat daar 'n rekord van die vrae is: Hoe het Toon gesterf? Is Toon ooit begrawe? Het iemand sy begrafnis bygewoon? Het 'n begrafnisondernemer die dooie man gewas en uitgedos vir die teraardebestelling? Is hy dalk ná sy dood soos 'n mens behandel?

Want ek kyk om my rond en ek sien die mense met hulle onnosele slimfone in hul hande en ek weet hulle wil vergeet. Hulle wil vergeet dat die lewe kort is, soos 'n vonk, of 'n weerligstraal. Vergeet 'n mens se lewe is omtrent so lank soos dié van 'n spermsel. Okay, miskien 'n bietjie langer, maar nie veel nie. Mense, en ek sluit myself teësinnig by dié spesie in, ons dan, ons in ons motors met GPS-tegnologie en Google Maps en 'n elektroniese stem wat ons deur ons voorstedelike doolhowe lei, ons was nog nooit so verdwaal soos nou nie. Verlore op pad supermark toe, verlore oor die brug en terug, verlore selfs as ons tuis kom. Ons het vergeet waar ons vandaan kom. Nie 'n benul waarheen ons op pad is nie. Ons het die Waterberge vergeet, die Langkloof vergeet, die Karoo, die Murgland, die Weskus. Ons het vergeet hoe hoog die Hoëveld, hoe laag die Laeveld is. Ons het die veld vergeet. 'n Binneveld vol liefde en verwondering. 'n Plek waar bome groei en waar ons nuwe tale kan aanleer. Ons kan 'n boek 'n "hoef" noem, en 'n papegaai 'n "papaja".

★

Ek het omtrent alles vergeet. En as ek vergeet, wend ek allerhande metodes aan om te onthou. Soms lees ek gedigte, want die regte gedig op die regte tyd kan soos 'n gaffel in die vergetelheid gedruk word om daardie ontwykende her-inneringe soos 'n spartelende geelstert te haak en oppervlak toe te bring. Nou die dag het ek na 'n gedig, "Spring and Fall", van Gerard Manley Hopkins gesoek. Die boek val oop by die volgende gedig, 'n sonnet, sonder 'n titel:

I wake and feel the fell of dark, not day.
What hours, O what black hours we have spent
This night! what sights you, heart, saw; ways you went!
And more must, in yet longer light's delay.
With witness I speak this. But where I say
Hours I mean years, mean life. And my lament
Is cries countless, cries like dead letters sent
To dearest him that lives alas! away.

I am gall, I am heartburn. God's most deep decree
Bitter would have me taste: my taste was me;
Bones built in me, flesh filled, blood brimmed the curse.
Selfyeast of spirit a dull dough sours. I see
The lost are like this, and their scourge to be
As I am mine, their sweating selves; but worse.

En ek weet nie presies hoe hierdie dinge werk nie, assosiasie dalk, ek weet nie, maar toe ek lees,

> But where I say
> Hours I mean years, mean life. And my lament
> Is cries countless, cries like dead letters sent
> To dearest him that lives alas! away.

doem my pa voor my op. Die verskriklike sonnet deur die arme, depressiewe Jesuïet sleep my pa uit die stikdonker katakombes van die bewussyn. Lig toe.

Vier dekades ná sy dood en ek sien hom amper soos in die vlees: daar staan hy met sy swart hare en sy snor en sterk gesig en sy innemende glimlag. En ek sien hom ook as kind, kwajong, minnaar, seun en broer en pa, jagter en grapmaker . . . Maar ek kyk nie te lank nie, ek slaan dié boek toe voordat hy weer van gedaante verwissel en na 'n rottang of 'n kweperlat soek om hierdie dag soos duisende ander te bederf.

*

As jy kwaad is, kan ek jou nou verseker jy is nie kwaad genoeg nie. Hoeveel keer moet jy deur die ore genaai word om dit te besef? Waar's jou verset? Hoekom kom jy nie in opstand nie? Wanneer laas het jy gal in die straat gebraak, jou snot teen die supermark se venster gespoeg? Wanneer laas het jy godgodgodherejesus so hard gevloek dat die weerlig hier om jou begin dans het? Wanneer laas was jy só kwaad? Regtig kwaad? Nie onlangs nie, want ek hoor jou nog asemhaal. In en uit en in en uit. Word kwaad. Woedend. Tel 'n klip op, twee miskien, en begin aanstap. Doelgerig. Kwaad onthou. Kwaad omdat hulle met jou kop gesmokkel het, met jou brein gemors het, aan jou derms getorring en jou knaters probeer knot het. Nou gaan jy hulle wys.

*

Volmaan in Mei. Koud en skraal die temende noordooster. Winter om die draai. Dae kort. Ek begin vroeg. Vyfuur is ek by my lees, twee uur later sien ek die dag deur die venster breek. Later word die dorp wakker en Vink daag op met twee dubbelespresso's van die Franse bakkery. Halfnege, as die winkel oopmaak, is 'n hoop repareerwerk reeds agter die rug, gepoets en op die rak gereed om afgehaal te word. Dan buk ek af en tel nog 'n paar skoene op. Dis glo bitter koud op die Suideiland en die koue is op pad hierheen. 'n Mens weet nie wat om te verwag nie. Dinge kan baie vinnig verander. Net in die laaste paar dae het 'n vulkaan in Chili, 'n sikloon in Birma, 'n aardbewing in China verwoesting

gesaai. Branders hoër as telefoonpale breek op die voor-
stoep en spoel alles soos vuurhoutjies weg. Die grond word
onvas, vloeibaar, en die rigiede strukture van die geboue
in stede gee mee as die spanning te groot word. Alles stort
ineen as die ruggraat breek.

Ek is gelukkig. Ek het altyd iets om te doen. Veral dié tyd
van die jaar. Dan plant ek al hierdie nuwe plante. Astelias,
dracophyllums, muehlenbeckias . . . Ek plant artisjoklote
uit, timmer 'n groentebedding met stewige denneplanke
aanmekaar, grawe drie gate met my oranje graaf, plant 'n
teerpaal in elk, meng sement in 'n kruiwa en vul die gate
rondom die pale daarmee. Dan stap ek af na die kohekohe-
boompie wat al 'n keer deur die wind omgedruk is om te
sien of sy ankers nog hou. Soms praat ek en Hilda Ganse-
voort met mekaar. Oor die heining.

'n Vrou daag eendag by die winkel op en bestel twee ge-
graveerde naamplaatjies vir haar troeteldiere. Terwyl Vink
die bestelling neem, hoor ek die een dier se naam is Raka
en ek sê grappenderwys sy moenie dink sy het die enigste
Raka in die buurt nie, daar is reeds 'n hele paar Rakas op
die eiland, veral op die North Shore. "O, jy het al van Raka
gehoor? Jy's ook van Suid-Afrika." Ek het haar gevra of sy
weet wat raka in Te Reo, Maori se taal, beteken. "Hoe sal ek

dit nou weet?" Toe vertel ek haar wat dit beteken: Daar, doer ver, nie naby nie, sonder verbintenis met spreker of hoorder. Sy vra my of ek weet J.M. Coetzee is nou in Australië. "Hier dink hulle die wêreld van hom, maar ek hou nie van hom nie en ek hou nie van sy werk nie," verkondig sy luid. "Wat dink jy van hom?" Ander mense het opgedaag en my dienste benodig. 'n Halfuur later is sy terug om die plaatjies te kom haal. "Hoor hierso," sê sy, "skryf jou besonderhede neer want ons gaan 'n Afrikaanse leeskring stig en dan kan ek jou laat weet." Ek beskou myself nie as iemand met besonderhede nie en ignoreer die bevel.

Augustus 2003. Storms uit die noordooste. Wind en reën. Landswyd. Derduisende bome is omgewaai. Hoofpaaie en spoorwegroetes word gesluit weens grondverskuiwings en rotsstortings. Net noord van ons het 'n hele paar huise teen die glibberige steiltes afgegly.

'n Besoek. Ek kry 'n telefoonoproep van 'n ou universiteitsvriend. Ons het mekaar oor die twintig jaar laas gesien. Ek herken sy stem dadelik. Karel sê hy is op 'n recce in die Antipodes om hopelik 'n veilige hawe vir sy bejaarde moeder te vind en hy sou my graag wou sien. 'n Fantastiese plek vir ou mense, antwoord ek en nooi hom vir ete. Op universiteit het ons saam ghitaar gespeel, die blues meestal:

Lightnin' Hopkins, John Lee Hooker, Leadbelly, Sonny Terry, Brownie McGhee . . . 1976. Ek was pas uit die skool en 'n weermagoproep vir 'n jaar se diensplig in Walvisbaai het my laat besluit om eerder universiteit toe te gaan. Karel was 'n paar jaar ouer as ek en het reeds agtien maande in die vloot voltooi toe ons mekaar ontmoet het. Tydens die ete vertel Karel dat hy, op pad na Nieu-Seeland, 'n rukkie in Melbourne vertoef het. "Amazing plek. Ek het 'n af-spraak met dokter X. gehad. Ek wil 'n Jungiaanse analis word en dr. X. is die beste in die wêreld . . ." En later: "Ek is 'n boeddhis. Ek was in 'n retreat in Kanada. Ek het vir drie maande lank gemediteer. Drie maande, met so 'n oranje skyf soos 'n CD hier voor jou. Ek het amper mal geword. Toe gebeur dit . . . illuminasie. Alles word net so helder. My derde oog is oopgemaak. Amazing." En later: "Ek het aangehou met chemie. Om die aard van dinge te verstaan, sien hoe alles saamhang. Om die energie in alles te herken, gereed om te spring. Ek kan dit sien. I love it! Ek doseer chemie op universiteit." Nog later: "Ek is ook 'n computermens. Ek en 'n vriend het destyds 'n dotcom website begin. Toe word dit die grootste website in Afrika. Ons het te groot geword en besluit om te verkoop. Ons het 'n klomp geld gemaak. Dis toe dat ek besluit het om my eie ding te doen. Toe word ek 'n futuris. Dis 'n genuine wetenskap, soos chemie of fisika, en mense raadpleeg my oor die toekoms. 'n Toekomskonsultant. Dis wat ek is. Ek neem al die konstante, onveranderlike faktore sowel as die veranderlike faktore wat 'n invloed op die hede het, in aanmerking. Ek bestudeer hierdie faktore, crunch die nommers, en projekteer dit op die toekoms. Easy peasy. My kliënte is meestal versekeringsmaatskappye en groot beleggers ..." En laastens: "Ek hou nie van kinders nie, maar ek is baie lief vir katte ..." Ses maande later en steeds onsuksesvol in sy pogings om 'n gepaste pos vir iemand van sy kaliber los te slaan, is Karel terug Suid-Afrika toe.

O fok, om daardie kind op die stoep te laat staan. In die sestigerjare. Die sonnetjie op sy kop. 'n Teken uit die ooste. 'n Uitverkorene, tydelik. Sê so halfnege in die oggend. Genoeg stywepap op die koolstoof. Saam met vars melk, vanoggend s'n, en bruinsuiker en 'n homp plaasbotter vir ontbyt. En later, vir middagete iewers op die grasperk saam met Simon en Poppie, weer pap en 'n sousie van maalvleis en eendvet en tamaties en uie. 'n Ouma wat iewers kloek. Die gatlekkende foksterriër in die oggendstrale. In dié oomblik die hele storie. Ek sou kon trane stort as ek moes. Maar ek doen dit nie. Ek is nie 'n akteur nie, ek maak nie meer kruisies in die huilboek om my aandag van die werklikheid af te trek nie. Ek bly net hier, op hierdie plek, en waar is dit? Waar is my mense? Hulle is nie hier nie,

hulle is weg. Die kindgod op die stoep. Sy ligte hare, sy ver-
wonderde oë. Hoeveel mense ken ek nie? Hoeveel siele het
nie my pad gekruis nie?

Ek was twee, of drie, of vier. En ek was reeds kwaad.
Kwaad. En lief ook. En daar was dié kar, 'n rooie van
hout gemaak, met 'n tou, dan kon jy die kar met die tou
agter jou aansleep. Maar ek was klein en ek was kwaad
want hulle het deur die vensters gesigte vir my getrek. My
broer en my neefs. Hulle het my geterg, maar erger nog,
hulle wou nie met my speel nie. En toe swaai ek die kar
en ek swaai die rooi kar en ek tref my ouboet teen sy kop
en daar's bloed, en hy val en my pa gryp my en hy sleep
my weg . . .

★

Waar kom ek tog vandaan? En hoekom huil ek so baie?
Want hier is ek weer op pad na my kamer toe om 'n kruisie
in die boek te gaan trek. Hoeveel keer vandag al? Tien,
twintig, dertig keer? Ek kan nie onthou nie, want dis net
huil, huil, huil . . . Ek weet nie wie nie, ek dink my ma, het
my vertel dat ek as kleuter by uitstek 'n huiler was. As haar
vriendinne kom kuier het, het ek plat op die mat in die
middel van die geselskap gaan sit. En as een van hulle na

my kyk, oogkontak maak, het ek in trane uitgebars. Dan het die res van hulle natuurlik luidrugtig gelag vir dié mislike seuntjie, en my ma het my aangesê om 'n kruisie in die huilboek te gaan trek. Dan het ek dit gedoen, my trane afgevee, en weer my plek op die mat in die middel van die geselskap ingeneem en gewag dat iemand dit sou durf waag om na my te kyk ... Die mense sê ek wou maar net altyd die middelpunt van alles wees, en dit is miskien waar, dit was of oogkontak met iemand anders my van iets beroof het. Wat dit was, weet ek nie.

Wat gebore word, gaan dood. Almal weet dit. Maar dis daardie eerste paar jaar ná geboorte, ook bekend as die huiljare, waarin ek belangstel. Nee, belangstel is nie die regte woord nie. Dis eerder dat dié jare – 'n mens sou in my geval daarna as die Tweedelaanjare kon verwys – 'n geheimenis is. Want ek weet ek was daar, op daardie werf, voordat ek selfs met my Te Tô-taal begin het; ek was daar, onder die appelkoos en tussen die hoenders en die honde en die allerkleinste miertjies en torretjies en mense. Ek weet ek was daar want ek het 'n paar klein foto'tjies om dit te bewys. En as ek na die foto's kyk, is dit asof ek in 'n spieël kyk, of deur 'n venster selfs, maar nie van binne af buitetoe nie, eerder van buite af binnetoe. Ek staan op 'n omgekeerde maatemmer en hou my hande langs my kop en kyk in. Ek sien 'n vrou haar hare kam voor 'n spieël. Ek beweeg na 'n ander venster. Ek sien 'n ander vrou in haar werkkamer besig om 'n hoed te maak. Later, deur die kombuisvenster, sien ek nog 'n vrou voor die koolstoof besig om pap te maak. En Outa Toon is sekerlik iewers in die tuin doenig, want hy kom selde in die huis, en dan net in die kombuis.

My huiljare, en die Te Tô-jare wat daarop gevolg het, my vroeë Tweedelaanjare, is tot vandag toe nog verborge vir my. Hoewel ek dit kan aanvoel, weet dat dit bestaan het, dat ek daar was, kan ek dit nie onthou nie. En tog is ek oortuig daarvan dat sekere dinge in daardie taallose staat in my klein verstandjie vasgelê is. Want sien ek 'n hond, sien ek altoos eers 'n klein foksterriërtjie oor die vyf dekades gelede in die sagte sonnetjie lê, en dan eers die hond wat nou hier voor my blaf; sien ek 'n boom, doem die ou appelkoos tussen ons en oom Kerneels se huis by nommer vier eerste op. Dis asof alles wat met my gebeur, reeds gebeur het. Asof ek 'n hele lewe geleef het, met huil as my enigste manier van kommunikasie, 'n lang lewe vol mense en diere en plante en 'n sagte son en met wolke. Ek was soos water. Of vuur. Orals en nêrens. Heeltyd hier. Dit was asof ek alles was, deel van alles, en alles deel van my.

Maar taal soos 'n klip het die spieël tussen my en die wêreld versplinter. Die man het pappa geword, die vrou mamma. Die ander vrou ouma, en nog een Poppie. Skielik was daar mense. Ek het 'n naam gekry, en toe ek my oë uitvee, toe was ek ook een. 'n Mens, bedoel ek nou.

★

Daar is plekke waar mense lank gelede was. Plekke waar ander ryke sedertdien heers. Soos die uitgestrekte ewige panne waar die horison soos veelvuldige illusies in hersenskimme verdwyn en waar die onaardse warm winde soos asems deur die versteende lugpype in die miershope jaag.

Alles haal asem. Ou plekke besaai met klippylpunte van mense toe wild volop en die liefde nog jonk was. Daar is sulke plekke. Plekke waar die hart 'n eensame jagter is, met gespanne boog en 'n reptielskerp oog, soekend na die vlugvoetige bokkie wat sy maag van begeerte laat gor. Net om haar teenwoordigheid aan te voel, haar spoor te sien, maak hom opstaan, laat sy ingewande tuimel, sy skrotum tintel. Ou plekke waar 'n mens jou prooi kan ruik, teen die bloedwarm wind in jou neusvleuels oopsper en die bronstige reuk van haar dye in jou brein soos sterre laat verskiet. Ou plekke, waar die son soos 'n doodskoot in die ooste opkom. Daar is sulke plekke. Waar mense lank gelede was.

★

He who has gone down, can't come up . . . Die ewige waarheid, en net die lewendes het taal om daaroor te praat. Die ongeborenes en die reeds geleefdes is stil. Dis net ons, vleesgebondenes, wat die vermetelheid het om te dink ons begryp enigiets. Om woorde soos begeer en begrip rond te slinger. Ons vlesige tonge teen ons tande en ons verhemeltes te druk en te tril en ons stembande in te span om klanke te vorm en onsself daarvan te oortuig dat ons weet.

En die wind waai teen my vensters vas en vanaand wil ek vir jou sê liefde, soos verslawing, teer ook op nat plekke. Dit klou soos mos op klamtes waar die son nie is nie, in hoeke en skadu's waar die lig nie kan in nie, klam splete waar vog sypel. En die wind waai.

En die wind kan nie die verlange wegwaai nie. Verlange klou soos knapsekêrels aan 'n fluweelbroek. Soos nga aan 'n kietiekombers. Die reën was niks weg nie. Verlange laat jou vel in vlokke uitslaan. Jy verlang as jy wakker is. Jy verlang as jy slaap. Jy droom selfs dat jy verlang. En dan word jy wakker en jy kan dit nie meer verduur nie. Jy het genoeg gehad. Jy slaan met jou vuis op die tafel en hoor hoe die beentjies in jou hand kraak. Is jy dan reeds in die onderwêreld? Hoekom voel jy nie die pyn nie? En fokken waarna verlang jy? Wat is hierdie verlangkak waarvan jy praat? Verlang beteken tog jy mis iets, jy is ontevrede, wil meer hê. Fok man, get over it! Hier het jy dan alles. 'n Vrou en kinders en hoenders en selfs 'n fokken hond.

*

'n Mens sou dink dat ek teen dié tyd terug by die werk moes wees, want dit is al 48 dae sedert die operasie. En hier is ek steeds met my geswolle knie in die lug en met

112

my stapeltjie boeke, bondels briewe, dagboeke . . . Skryfsels van 'n leeftyd. En ek werk van die hede af terug. Ek het in die kerk grootgeword, en vroeg besef ek is nie regtig uitgeknip om die weg van die here te bewandel nie. Dis nie moeilik om te verduidelik nie. Dit was die borste van die vrouens wat ek voor my geestesoog onder die bloese en die bra's gesien het, die warm borste en die harde tepels; en die enkels en die kuite en die glimmende sykouse oor die volmaakte knieë. In die kerk op Sondae het ek op 'n vroeë ouderdom tot die gevolgtrekking gekom dat my siel deur 'n legio begeertes bewoon word, dat my liggaam nooit 'n tempel van god kan wees nie, want dit word deur ander luste en drange beset. Duiwels, geeste, demone. Ek kon nie my oë afhou van die vrouens se gevoude hande om die swart psalmboekies in hul skote nie. In die huis van die here het ek nie na die dominee se preke van vergiffenis en verlossing geluister nie, ek het my verbeel ek trek die meisies en die vroue stadig uit. Elke Sondag 'n ander vrou.

Dan weer verbeel ek my ek is die paar hande en ek lê in 'n ander meisie se skoot, en tussen my en die grootste geheimenis in die hemel en op die aarde, die onnoembare nog in daardie stadium, is daar net 'n bietjie rokmateriaal, 'n broekie, want ek het toe nog nie van pantyhose geweet nie. En dan, as ons moet opstaan om te bid of te sing, het ek my hand in my sak gedruk om my jongseunereksie gemaklik te maak, en net so 'n bietjie te vryf. Tydens gebed het ek skaamteloos geloer. Na die nekke van die vrouens in die ry voor my. Die fyn haartjies soos feëgras op 'n onbereikbare landskap, die kantkragies om die nekke. Die oorbelletjies. Die erotiek van gebed! En dan, tong flitsend, het my gedagtes soos 'n kapel koers gekies om hul bloedwarm lywe te verken, soms op met hul bene, ander kere teen hul halse af, altyd onder hul Sondagklere in. Die dominees het hul bes gedoen om my te oortuig van die bestaan van hemel en hel, en dat ek, sonder die geloof in Jesus as die seun van God, 'n goeie kans het om hel toe te gaan. Ek het egter vroeg reeds eenparig besluit ek kan my nie ophou met dit wat met my gaan gebeur ná my dood nie. Hul woorde het op onvrugbare grond geval.

★

Dames en here, gun my 'n oomblik, asseblief . . . Die geraas is iets ysliks. 'n Mens kan jouself dit amper nie indink nie. Dit verg inspanning om te onderskei tussen jou eie gedagtes en die subsoniese digitale inmenging van buite. Om jou denke van subliminale besoedeling te dekontamineer, jou gedagtes te rangskik, agtermekaar te kry, is nie iets wat jy vinnig doen nadat jy jou tande geborsel het en voor jy in die bed klim nie. Dit verg tyd en, soos almal behoort te weet, stilte. 'n Besonderse stilte, nié die gedrae stiltes van destyds nie. Net omdat jy niks hoor nie, beteken nie dis stil nie. Nou die dag nog is almal in Suid-Afrika gerieflik aan die neus gelei deur die kru dog doeltreffende propaganda-apparaat van die ou orde. Almal was patriotte, christene, ordentlik, wit, rassisties . . . Toe kon jy glad nie sê wat jy op jou hart het sonder om 'n prys daarvoor te betaal nie. Lewens is koelbloedig kortgeknip omdat mense stiltes verbreek het. Dinge lyk nou anders, maar dis bloot kosmeties. Ons is magteloos. Ons sien elektroniese beelde van 'n politikus tussen haar eweknieë van oor die hele planeet by die een of ander wêreldkonferensie, uitspattig opgetof in bont gordynmateriaal, wat die oomblik aangryp om haar regering se sotlike beleid jeens vigs uit te blaker. Met bloed aan hul hande rits die blinkvet fokkers en hul falanks van gatlekkers rond in persoonlike stralers of splinternuwe Duitsvervaardigde voertuie op pad iewers heen. Op pad iewers heen waar die tafels kraak onder die gourmetdisse wat hulle in skandalige hompe in hul gesigte en handsakke prop. Van die opheffing van die armes, agtergeblewenes, straatkinders, boemelaars, bergies, bitter min. Nou is daar nouliks 'n leier in lewende lywe. Óf oorsee óf agter eenrigtingglas. Almal het kragtige mikroluidsprekers in hulle oorgate, hul oë is vasgenael op skermpies in hul hande, hul vingers tik gretige uitlatings aan strategiese kennisse op ander plekke . . . Rykdom, roem, en mag. En die grootste daarvan is mag. Almal sê wat hulle wil, kommunikeer met mekaar, volg mekaar se doen en late vir 'n vale tot in die fynste draai. 'n Kriptiese gekwetter, esoteriese parallelle gesprekke . . . Om na 'n plek buite die opvangsgebied van enige aard in die niet te hunker, 'n plek om asem te skep, bestek op te neem, 'n plek waar 'n natuurlike einde haalbaar is. 'n Plek waar 'n mens 'n boek kan lees.

In 1994 het ene David Noble, 'n bewaarder by Nieu-Suid-Wallis se Nasionale Parkeraad in Australië, in die beboste Wollemi-wildernis in die Blouberge 150 kilometer wes van Sydney gestap. Die Wollemi-wildernis is een van die ontoeganklikste plekke in die Blouberge, met meer as vierhonderd diep klowe en skeure in die plato. Noble het 'n groepie vreemde bome in 'n beskutte diepkloof gewaar en nadere ondersoek ingestel. Die veelstammige bome groei in 'n stomp-loot-boswyse en het varingagtige blare en bas wat aan sjokoladeborrels herinner. Hulle groei tot 38 meter hoog. Ná verdere navorsing is die boom in Desember 1994 amptelik aan die wêreld bekend gestel: *Wollemia nobilis*, oftewel die wollemi-den. Dié boom is 'n lid van die kandelaarkroonspar-familie (Araucariaceae), dieselfde familie as die kauri en die norfolkden, en stuifmeelmonsters toon dat die wollemi-den die woude van die suidelike half-

rond vir meer as 'n miljoen jaar gedomineer het. Klimaats-
veranderinge tweemiljoen jaar gelede het tot hul uitwissing
gelei, buiten dié beskutte groepie in die Blouberge. Ná die
aanvanklike ontdekking is nog twee kleiner groepies bome
in nabygeleë klowe ontdek. Die totale bevolking wollemi-
denne in die wildernis is 76 volwasse bome en om en by
200 saailinge.

Eindelik, my tamaties. Tant Ruby se bekende Duitse groen-
tamaties. 'n Robuuste groeier van oor die ses voet wat amper
twee keer langer vat om ryp te word as gewone supermark-
tamaties. Ek plant die saad gewoonlik vroeg Oktober en so
teen die einde van Januarie, begin Februarie, pluk ek die
bonkige groentamaties. Danksy die kleur 'n vrug wat die
voëls fnuik, 'n vrug met 'n geur en 'n smaak wat jou aan
ander, vervloë tye herinner, ander plekke, ander plante . . .
Engelkruid, amarant, aspidistra. Outydse plante. Vye, baie
vye, groenes en swartes, en appelkose, taaipitgeelperskes,
lukwarte, granate, kwepers. Oorrompelend die smaak van
hierdie wonderlike tamatie. Ons sal maar so deur die tuin
stap. Begin aan die westekant, op die sypaadjie waar ek 'n
hele paar bome geplant het. Toe ons hier ingetrek het so
ses, sewe jaar gelede, was hier niks nie. Hierdie een met
die geel blare is 'n pittosporum, hierdie twee ook. Kohuhu
die Maorinaam. Heelwat pittosporumspesies, en soos die

meeste ander plante wat hier groei, endemies aan die eiland. Maar nie hierdie twee hier nie. Hulle het dubbele burgerskap. Sandolien. *Dodonaea viscosa* in die kanon . . . Akeake in Te Reo. 'n Rare voorbeeld van 'n plantspesie wat inheems aan beide Nieu-Seeland en Suid-Afrika is. Bome het my nog nooit gefaal nie. Ek het hulle saad begin versamel en in potjies aan die groei gekry, later uitgeplant en bestudeer. Dié boom was een van die eerstes wat ek geplant het. Pohutukawa. Al hierdie ander bome gaan eendag in sy skadu staan. Hulle word reusagtig groot en is in hul element as hulle klouplek teen die hange van die afgronde oor die see kry. Die takke — elkeen 'n boom in sigself — groei horisontaal uit 'n kort, dik stam soos uitgestrekte tentakels oor die see. Die pohutukawa behoort tot die mirt-familie en is endemies aan die Noordeiland vanaf Kaap Reinga, die noorderpunt, tot noord van Opotiki aan die ooskus en tot by Kawhia aan die weskus. Die smalblaarmirt (*Metrosideros angustifolia*), 'n struik endemies aan die Kaapse skiereiland, is die pohutukawa se naaste familieverwantskap in Suid-Afrika.

Mevrou Gansevoort is korrek: jy kan jouself die ontberinge van ander nie indink nie. As die reënvlae uit die suide so volhou, dae aaneen, weke selfs, en die klam koue in jou matte en sokkies kom sit, en jy nie kan onderskei tussen grys see en lug nie, kan jy nie help om jouself weg te wens na 'n ander plek nie. In die son. Soos op die Hoë-veld, byvoorbeeld. Tussen die drolpere en die stamvrugte en die wilde appelkose, die allergehawendste bergvaalbosse . . . Akkedisse op die klipbanke op Langermanskop, brokke van 'n seebodem toe die wêreld nog jonk was, bak ougat in die son. Die klippe hier is veel jonger. Ek het 'n foto van 'n klip op Trade Me, die plaaslike weergawe van eBay, gesien. Ek weet wat klippe kos en het sonder aarseling die koop-nou-knoppie gedruk. 'n Honderd dollar vir 'n klip van so 'n aard. Soos ooreengekom, ontmoet ek die verkoper een Sondagoggend in Maart op State Highway One naby Pukekohe, sewentig kilometer suid van hier, van waar hy my toe na die klippe op 'n vriend se plaas neem. Ek volg hom in die Jeep tot by 'n afdraaipad na die plaas. Dennelaning aan die regterkant, verby 'n huis en wat soos woonkwartiere lyk, verby 'n werkswinkel en 'n hele paar stewige vragmotors met hyskrane agterop gemonteer. Ons parkeer en stap verder deur die lang gras in die rigting van 'n paar ou trekkers en plaasimplemente. Toe is ons skielik op die klippe. Massief, asimmetries, silindries, tussen twee en vier meter lank . . . 'n dosyn of so. Ek ken my klip uit. 'n Menhir, 'n klein druïdiese suiltjie, twee en 'n half meter lank en wat om en by 'n ton weeg. Dié klippe. Waar die Indies-Australiese Plaat oor die Pasifiese Plaat geskuif het, is die aardkors geruk en gepluk en onder ontsaglike stres geplaas. 'n Reeks aardbewings het gevolg wat die kors in 'n trog laat sink het. Dis veral merkbaar in die Taupo-Rotorua-distrik. Hierdie eiland het nog lánk nie sy lê gekry nie. Die Pasifiese Plaat daal al dieper in die mantel af en word progressief warmer totdat die klip waaruit die plaat bestaan, begin smelt. Dinge raak warm. Druk bou op, die magma wil uit, dit pars deur krake en breek deur swak plekke in die reeds tot barstens toe opgeswelde aardkors. Dan blaas alles op en vuur en as en rooiwarm gesmelte klip word in massiewe projektiele en uitgerekte slierte oor die wêreld gestrooi. Dis waar hierdie klippe vandaan kom. Ek gee die man 'n honderd dollar vir my klip en sê ek het my misgis, die klip is soveel groter as op die internet, die Jeep en 'n sleepwa sal dit nie behartig nie. Hy kan sy lag nie hou nie en sê daar is geen haas nie. Ek is sonder die klip, en in ietwat van 'n dilemma, huis toe. Drie maande later, een Saterdagaand, lui die telefoon. Dis Shane, my vriend. Hy het gehoor van my klip wat sewentig kilometer suid van hier lê, en het sy werk se tientonhyskraantrok en 'n drywer gereed vir die volgende dag. Tweehonderd dollar, insluitende die diesel. Op dié manier, heel uit die bloute, kom die klip na my huis toe.

★

A., my geliefde vriendin, is terug in die Kaap ná 'n hele paar seisoene in Duitsland. En ek dink aan haar, want ná Berlyn gaan Kaapstad tog so brutaal wees. Om 'n vlag teen die wind in te laat wapper. Ek skryf vir haar: dis snaaks hoe 'n mens nooit ophou weet jy kan die wêreld nie verander nie. Ek gaan oor twee weke vir 'n nuwe knie en dan kan ek hopelik weer loop en koop. Intussen loof ek die here dat knieë wel vervang kan word, want ek kak dik klippe en droom van die bome in Suid-Afrika. Saam moet ons nog 'n boek oor die bome daar skryf. Ons doen dit nie vir die mark nie. Veral nie vir die kommoditeitsmark nie. Ons doen dit nie eens vir enigiemand nie. Ons gaan net op 'n trip en soek bome op en neem foto's en staan in die koeltes en dan kyk ons wat gebeur. Die kremetarte in Venda, koorsbome in koorsboomland. Ek lees nou die dag dat individue van die baardwalvisspesie (*Balaena mysticetus*) in die see rondom Alaska só oud is dat hulle reeds geleef het toe Melville *Moby Dick* geskryf het. Walvisse ouer as Afrikaans. Die lewe is lank.

*

Dit is een van die koudste nagte in 'n lang tyd. My knie het die vorige dag begin jeuk, en volgens almal is dit 'n teken van genesing. Tyd, sê almal, heel alles. Ek gaan bed toe en M.

volg later, kom lê styf teen my. Ons praat oor ons kinders en hoe goed hulle vaar en hoe ons ons van die begin af eintlik op 'n afwaartse finansiële glybaan bevind. En tog oorleef ons elke maand en buitendien gaan ons eendag die fokken lotto wen. Ons is gelukkig. En ek vertel haar dat ek myself vroeër die dag in die spieël gesien het en eintlik vir 'n oomblik oorbluf was deur die ouderdom wat my oorval het. Ek het 'n ou man met 'n grys baard en 'n verrinneweerde vel gesien, gister se jong man was weg, en ek het iets van die lewe begryp. Ek het verstaan dat die dood altyd net om die draai lê. En ek sê ek hoop ek kan nog minstens tien jaar uit hierdie gehawende lyf van my wring. Toe vertel ek haar van my pa wat in 1970 dood is, op Maandag 20 Julie, op die kop 'n jaar ná Armstrong se reusesprong vir die mensdom op die maan. Mungo Jerry se "In The Summertime" was nommer een op die treffersparade daardie jaar, maar my pa is in die winter dood. En ek vertel haar dat ek stories gefabriseer het daaroor. Dat ek byvoorbeeld jare ná sy dood volgehou het daarmee dat ek teenwoordig was, dat ek daar was, om die kampvuur iewers in Botswana, dat ek gesien het hoe hy die pap in sy hand geneem en in 'n bolletjie gerol en in die sous gedruk het, hoe hy die pap in sy mond gesit het en toe, asof iemand 'n lig afgeskakel het, was daar 'n duidelik hoorbare klikgeluid. Hy het agteroor geval en op die plek doodgegaan. 'n Massiewe hartaanval. Net daar, 43 jaar oud, langs die stowwerige grondpad op pad Makgadikgadi-panne toe om te gaan jag. Alles versinsels natuurlik, want ek was glad nie saam op dié tog nie, maar ek was wel op genoeg ander jagtogte om 'n heel geloofwaardige episode te versin. Maar die waarheid, en ek gebruik die woord nie ligtelik nie, was dat ek en my twee broers tuis gebly het. Vir die eerste keer in ons lewens het my pa sonder ons gaan jag. Hy het ons by my ma op die plot gelos. Dit was die einde van die wintervakansie en die skool het daardie Dinsdag begin. Dit was die gebruik destyds dat die skole ná 'n vakansie altyd op 'n Dinsdag begin. En daardie dag, die Dinsdag, ek was in standerd vyf, het die sekretaresse vir my en my boetie, toe in graad twee, oor die interkom kantoor toe geroep. Is twee sibbe op dieselfde tyd oor die interkom kantoor toe geroep, was dit gewoonlik slegte nuus. En dit was. As ek reg onthou, het Piet G., destyds ons tandarts, vir my en my kleinboet in sy rooi sport-motor opgelaai en huis toe geneem. Voordat ons by die groot hek by ons plot ingedraai het, het ek reeds geweet wat gebeur het.

My ooms en my neefs het die lyk in 'n groen slaapsak toe-gerol en in die Jeep agter op die ou Bedfordtrok gelaai. Hulle het sy dood by die toepaslike owerhede op Gaborone gerapporteer en op dié manier 'n permit gekry om 'n dooie man deur die grenspos terug te neem Republiek toe. Hulle jagtog was verby.

My ma wou nie dat ek na my pa se lyk gaan kyk by die ondernemers op die dorp nie. Miskien het sy gedink sy beeld sal by my spook vir die res van my lewe. Toe hoor ek my tannie Emma en oom Japie is op pad dorp toe, en ek het mooi gevra of ek nie ook maar kan gaan nie. My ma het teësinnig ingestem, en op dié manier het ek my pa se lyk te siene gekry. Net sy gesig was sigbaar. Skoongeskeer, sy swart hare netjies gekam met 'n sypaadjie aan die linkerkant, oë toe. Dit het gelyk of hy slaap. Ek het aan sy wang gevat. Dit was koud.

Op Donderdag 23 Julie is my pa begrawe. Dit was 'n uit-gerekte, plegtige affère met die kis op 'n brandweerwa, om-ring deur die ander stadsraadslede en die burgemeester en die dominee aan die spits deur die hoofstraat van Benoni. Ons drie seuns en my ma en ouma het in 'n groot swart kar in die stoet gery. Ek kan nie onthou hoe ons almal ingepas het nie, want Ouma Sophia was 'n groot vrou. Die dominee wat die begrafnisdiens waargeneem het, was G.H.S. Kruger, nie dieselfde dominee wat my gedoop het nie, maar wel dieselfde man wat later my pa se plek in die stadsraad beklee het.

By die graf was daar 'n klein koortjie van swart mense wat Simon Skosana, eens ons tuinier en later my pa se bode by sy prokureursfirma, byeengebring het. Wat hulle gesing het, kan ek nie onthou nie, en ek dink nie iemand het dit op band of film vasgelê nie.

Daardie Sondag, 26 Julie 1970, my dertiende verjaardag, het my ma my en my twee broers uitgeneem vir ete. Dit was nie iets wat dikwels gebeur het nie. Dit was seker my ma se manier om die verdriet weg te weer en om iets spesiaals te doen. Ons is na 'n hotel in Boksburg en ek het my verjaardaggeskenk ontvang: my pa se goue horlosie, 'n vergulde, selfopwenbare Omega Seamaster. Die horlosie het in my pa se besit beland omdat 'n kliënt dit as betaling vir sy dienste aangebied het. Ek neem aan my pa het die betrokke kliënt se skeisaak behartig, want agterop, in die allerfynste kursiewe graveerwerk die volgende: *Mon chéri, with love, from June.* Dis hoe my tienerjare begin het. Sonder 'n pa, maar met sy goue horlosie aan my arm. Die horlosie is later gesteel in die kleedkamer van 'n staalvensterfabriek in Benoni, waar ek elke skoolvakansie as sweiser gewerk het.

★

Ek het die drang om jou myne te maak. Om my penis, hard en stuwend, soos 'n kleimpen in jou vagina (jou doos, o god jou doos, sag en nat en gereed en ontvanklik) te dryf, en in jou lyf in te sink en my oë in jou oë te slaan en jou vas te hou, vas te druk, te sien terwyl ek dit doen en oor te gee terwyl jy oorgee en te ervaar hoe ek aan jou oorgawe oorgee. Soos 'n verskietende ster. Ek wil soos 'n klip uit die buitenste ruim jou atmosfeer betree en in die versnelling vlamvat en uitbrand. Saam met jou.

★

Volgens die eeue oue tegniek van hefbome, rollers en katrolblokke het ek en my twee opgeskote seuns van sewe en elf die reuseklip duim vir duim om die huis tot by sy staanplek in die voortuin beweeg. 'n Gat, drie voet diep met 'n betonbasis, was gereed. 'n Rugbreker van 'n taak wat ons twee weke elke dag ná skool besig gehou het. Die laaste stap in die sage was om die klip te laat staan, en daarvoor was ek en die seuns nie opgewasse nie. M. het die antwoord gehad. Sy het 'n rock party voorgestel en al ons vriende uitgenooi. Gratis drank aan almal wat 'n hand kom bysit. Ons vriende het opgedaag op die afgesproke Saterdag in September. Gary en Bill, die twee straatveërs van Browns Bay; Simon, die vensterwasser; John, die slyper; Pak Pak, die bakker. Shane en die bestuurder van die trok het met kettings opgedaag. So ook my swaer, asook 'n paar ander mense wat ek nog nooit voorheen gesien het nie.

Shane, 'n dakmaker van beroep, het beheer oorgeneem en sy strategie aan alle gewilliges verduidelik. 'n Klein skaretjie het op die dek versamel en die werkers luidkeels aangespoor. Hilda Gansevoort het die hele petalje oor die

heining gadegeslaan. Vink kon ongelukkig nie kom nie, want die rock band wat hy en sy vriende 'n jaar of so tevore begin het, het 'n gig iewers gehad. Shane se strategie:

twee spanne, een aan elke kant van die klip, toue onder die klip deur vir handvatsels en een twee drie! Die klip is gelig, so regop moontlik gestoot en tydelik met stutpale en kettings geanker. Die gat is met sement en staalversterkings gevul. Die klip het gestaan. Hilda wink my nader. Ek sou oorgestap het, sê sy, maar my ou bene ... Liewe mens, jou klip is beeldskoon. Ek sien 'n vrou, sterk, maar met sagte lyne, tuur oor die see uit. Ewige verlange, wie weet? Ek lê my skurwe hand op die ou vrou s'n. Sy gaan voort: Jy weet, die laaste keer dat ek iewers heen geloop het, was toe ons gaan brood koop het. Ek sien Pak Pak is hier. M. het my van die klip vertel, en ek vir Pak Pak toe hy my brood kom aflewer het. Elke tweede dag. Hy drink nie, soos jy, maar hy help graag. Pak Pak staan eenkant en Hilda roep hom. Hilda, ek weet nie waar die ding met klippe vandaan kom nie. Ek weet nie hoekom ek dit doen nie. Dit voel reg. Dis al wat ek weet. Miskien is dit iets in my onbewuste wat op dié manier manifesteer. Dalk is dit 'n grafsteen op die geraamtes van drome, begeertes, ideale, herinneringe ... Hilda Gansevoort lag en heet Pak Pak met 'n uitgestrekte linkerarm in die geselskap welkom. 'n Sesvoetklipfallus? Ha! Nie van waar ons staan nie. Van hier af lyk sy soos 'n godin, miskien ... Jy kan sien, sy fynkam die see. Verlange laat haar soek. Sy hou nooit op soek nie. Sy wil troos en in die proses getroos word. Maar laat ek jou voorstel ... Hilda slaan haar arm oor die heining om die bakker se skouers en trek hom nader. Hy volg haar voorbeeld, glimlag breed. Pak Pak, Ryk, stel sy ons aan mekaar voor. Ek bedank Pak Pak vir sy hulp met die klip. Ek en Pak Pak kyk in mekaar se oë. Toe vra Hilda: Wat dink jy, Pak Pak? Na wat lyk dit vir jou? Pak Pak bekyk die klip en die mense wat in groepies staan en gesels 'n oomblik. Soos 'n party. 'n Lekker party. M. staan op die dek en waai vir ons. Ek waai terug. Bakker, hou jou by jou brood, skerts Hilda, en ons drie lag, met oop monde soos ou vriende.

★

Die een of ander tyd behoort 'n mens tog jou verslawings onder die knie te kry, nie? Iets wat jou geleidelik én skielik beetkry, teen jou beterwete 'n houvas op jou kry, veral op nat plekke, in die gleuwe en die vore, die gladde loopgrawe van die liefde, want verslawing en die endokriene stelsel is ou bondgenote teen die verveling van herhaling, loop hand aan hand, hand aan wand, met dit wat jou siel en jou lyf en jou intiemste binneland koloniseer. Oorneem. Bewoon. Iets wat beslag lê op jou hart, jou polsslag aanjaag, jou lewer keer op keer deurboor, en jou rede kan nie staande bly nie. Nie teen dié soort oorrompeling nie. Want, kyk, jy is wakker. En jou kliere werk reeds. En jy is skaamteloos afhanklik, en

jy lewe van ontmoeting tot ontmoeting, slinger tussen bieg
en buig en oopmaak en ontvang.

★

Soveel mense deur die jare wat hulself doodgemaak het, ek
het al begin wonder of ek nie in 'n mate mede-aanspreek-
lik was vir van hierdie mense se dood nie. Vriende van my,
goeie vriende. Selfs 'n paar goeie vyande ook. Hoekom juis
dié mense? Het ek te veel geweeg en veroorsaak dat die
skaal kantel? Is ek te lig bevind? Of is alles bloot toeval?
Verbeel ek my dinge? Dié, en ander vrae van 'n eksistensiële
aard, aangevuur deur 'n knaende skuldgevoel, het my on-
gemaklik laat voel. Danksy 'n intense lewe en ervaringe
buite die raamwerk van die gewone, meen ek dat ek kan lig
werp op dié netelige kwessie. Selfmoord, bedoel ek.

Soos alles begin dit met 'n vraag. Byvoorbeeld, is jy by
jou volle positiewe, compos mentis, met ander woorde?
Hoekom wil jy lewe? Hoekom wil jy nie lewe nie? Het
jy die saak werklik deurdink? Daar is 'n magdom vrae wat
gevra kan word, maar 'n mens het net die een lewe. Jy moet
seker wees van jou saak. Betreffende selfmoord, bedoel ek.
Jy moet weet jy het die einde van die pad bereik. Die lewe
kan jou niks meer bied nie. Daar is niks in die hemel of

op aarde wat jou kan verlei om 'n rukkie langer te vertoef nie. Die biblioteek laat jou koud. Leeg, leeg, alles leeg. Jou lyding kan net deur die dood opgehef word. Ek was in daardie bootjie. Jare gelede, toe my lewe nog woes en leeg was. Net een keer, want voorheen het ek nooit werklik 'n plan bedink hoe om myself om die lewe te bring nie. Ek het nie 'n tou aan die dakbalke vasgemaak of 'n gelaaide vuurwapen onder my bed versteek nie. Ek was naïef en het onder die indruk verkeer 'n mens kan jou wilskrag inspan om dood te gaan, dat jy jouself kan dood begeer. In die stikdonker nag van my siel het ek ruimte geskep vir die ou sekelswaaier en vir weke wat soos maande gevoel het op my rug op 'n sealy posturepedic in 'n koel, donker kamer gelê. Klaar met die hel waarin alles en almal slawe van tyd en geld is, klaar met die komiese kakhuis waarin gravitasie die laaste sê oor elke drol het, het ek gewag. Soos die palm van my hand het ek daardie donkerte geken. Slaap het soms tydelik uitkoms uit die nagmerrie gebied. Meestal nie. Jy maak jou oë oop en die kras lig laat jou onwillekeurig opkrul van teleurstelling dat die nag nie uitkoms gebied het nie, dat jy steeds lewe. En tog, bejammerenswaardig in 'n bondeltjie opgerol, al snikkend omdat die wêreld so afgryslik is, kon ek alleen met groot inspanning die verligting dat ek nog lewe verdring. Begryp tog asseblief, ek is bewus van my vrees vir die dood, my eie dood, die finaliteit daarvan. En tog wou ek steeds doodgaan, maar ek wou nie dood bly nie. Jy kan lag, maar ek wou graag die wêreld sonder my ervaar. Ek wou doodgaan, maar nie heeltemal nie. Nie net dit nie: in dié gewaande geestesruimte het ek verwikkelde scenario's bedink van hoe sake ná my dood sou verloop en het ek myself verkneukel in die hartseer om my oop graf, die geween van geliefdes wat mekaar ondersteun, vele rouende vroue, kinders, familie, vriende, die toenemende besef dat hulle my mis, dat ek 'n besonderse mens was en dat my dood hul wêreld onherroeplik verander het. Nou moet ek toegee, ek glo nie juis aan teraardebestellings nie. Na my mening is dit 'n argaïese metode om van menslike oorskot ontslae te raak. Tog, toe ek nog die selfmoordgedagte gekoester het, het my begrafnis soos 'n rolprent in my verbeelding altyd op tradisionele wyse langs 'n oop graf êrens geëindig. Onpeilbaar die verbeeldingskrag van die selfbeheptes.

Einde van die pad, onvervulde liefde, portuurgroepverwerpings, finansiële probleme, dobbelskuld, verwarde seksualiteit, premature ejakulasie, vrot tande, knaende depressie, verraad. Soveel redes wat 'n mens kan voorhou waarom jy nie langer wil lewe nie. Ek het een keer tot aksie oorgegaan, inderdaad opgetree. Die besonderhede ontgaan my op die oomblik, maar ek onthou ek het 'n nota neergepen, 'n soetsappige afskeid aan 'n onbereikbare geliefde, 'n handvol diverse pille uit die medisynekas met 'n skoot Red Heart-rum afgesluk. Ek het in 'n koma verval, en in dié bewustelose staat het my liggaam die mengelmoes van dwelms en alkohol verwerp. My lyf het my lewe gered. Ek het dae lank in hierdie toksiese mengsel van menslike metaboliese reste en ekskresie rondgerol, en toe ek eindelik ná my helse beproewinge ontwaak, moes ek inderhaas die gomlastiekagtige membraan om my oopbreek voordat ek weer die relatief vars lug kon inasem. 'n Ervaring wat ek nooit sal vergeet nie. My kaal lyf, maer en seningrig, soos 'n opgeskote kuiken. Ek wil nou nie geyk klink nie, maar dit is die naaste aan 'n ware wedergeboorte wat 'n mens kan kom. Beskaamd deur die melodramatiese aard daarvan, het ek my selfmoordnota in klein repies opgeskeur, in my mond gestop, gekou en ingesluk. So 'n ding kan 'n mens se reputasie vir ewig skaad. Ek het my lyf in 'n bad vol warm water gedompel.

★

Ek sou darem graag 'n paar woorde met my pa wou wissel. Ek sou graag wou weet hoekom hy nie van my gehou het nie. Want ek dink nie ek was regtig so sleg nie. Ek het nou wel baie gehuil, boeke vol kruisies, die bladsye soos 'n begraafplaas van 'n vierjarige seuntjie op die Oos-Rand. En ek was mislik en het heeltemal te veel vrae gevra en so aan, maar ek was nie boos nie. Ek was nie 'n duiwelskind nie. Ek wou maar net weet wat de hel doen ek hier. Hoekom wou hy kinders hê? Was dit 'n statussimbool? Of 'n bewys van sy viriliteit? Of bloot 'n onnadenkende ding wat mense in die 1950's gedoen het? As kind het ek nog nie oor die insig en die taal beskik om my ontevredenheid met my situasie te verwoord nie, maar deesdae, so op 'n stil plek onder 'n boom, wonder ek tog steeds. Hoe het ek op hierdie plek, hierdie bloedbevlekte slingerende klein planeetjie, met hom as my pa en my ma as my ma en ek as ek beland?

★

Ná die operasie en met die nuwe knie nog seer, het daar natuurlik 'n hele klompie boeke op die bedtafel en op die vloer vergader, en dit het my beweegruimte erg ingekort. Veral as ek uit die bed wil klim, sukkel ek om die stywe been oor al die stapels te tel. Ek moes 'n plan maak. Ek kan nie onthou waar ek dit gelees het nie, en of iemand my vertel het nie, maar James Joyce se werkswyse het my laat besluit om die chaos 'n bietjie langer te duld. Moenie wanorde as stimulus vir die skeppende wese onderskat nie. Chaos, en toeval natuurlik ook. Ek was op die punt om in opstand te kom oor my knie wat so lank neem om te genees, en wat my nou finansieel ernstig begin knou. Arme Vink sukkel om so lank alleen in die winkel te wees. My vlugtige hande word benodig. Ek was gereed om die snydokter te bel en te vra of daar nie 'n wondermiddel is om die genesing te bespoedig nie, toe ek onthou van Joyce met sy ewig geïnfekteerde oë wat later so erg geword het dat hy nie eens sy eie werk met 'n vergrootglas kon lees nie. Hy het *Finnegans Wake* met rooi kryt op groot velle papier geskryf. Op sy bed omring met derduisende bladsye met groot rooi woorde daarop neergeskryf. Die arme man. So te sê blind, en 'n hele stad se drome, 'n beskawing se mites, gons in sewentien tale in sy kop. Om nie van sy ratelende tande te praat nie! Ek kla oor twee belaglike kiestande wat my in 'n soort hel laat beland het, of sewe, selfs, want ek het nogal 'n neiging om die hiperbool in te span, maar hier, in 1923, gaan die man tandarts toe, want sy vriende het gesê sy vrot tande is die oorsaak van sy ooginfeksie en hy het sy vriende geglo. En in twee besoeke het die tandarts sewentien tande getrek, sewe absesse oopgesteek en nog een heeltemal verwyder. Joyce se ooginfeksie het egter voortgeduur en deesdae word daar bespiegel dat hy as jong man sifilis opgedoen het en dat sy oë, sy regterskouer en sy mond deur 'n horde treponema-bakterieë gekoloniseer was. Heel moontlik, as 'n mens dink dat hy op veertienjarige ouderdom begin het om bordele te besoek.

Ek dink dit was dag 49. Paul Auster, of was dit Isabelle Eberhardt? Dit kon selfs David Markson gewees het, ek sal moet soek. Dis die soort sinne wat alleen deur chaos geskep kan word of, beter gestel, uit chaos geskep kan word. En tog was my eerste inklinasie korrek. Dit was Auster, in sy winterjoernaal, wat skryf oor sy verblyf in Parys in die vroeë sewentigerjare, en hoe hy soms half waansinnig in sy vroulose bestaan die hoere opgesoek het. Op dié manier het hy vir Sandra ontmoet, 'n prostituut in haar middel-twintigs, wat hom tydens hul eerste ontmoeting gerusstel en sê hy hoef nie haastig te wees nie, hy is haar laaste kliënt vir die aand. Ongehoorde woorde in die vleismark, maar dit het met Auster gebeur. In Parys. En hy kon haar selfs soen. Nog 'n taboe. En sy het grappenderwys al die posisies in die *Kama Sutra* vir hom gewys en sy was gemaklik in haar lyf en later het hy oor die poësie gepraat en sy het haar oë toegemaak en "Die balkon" van Baudelaire geresiteer.

★

Miskien slaap jy nou in daardie spierwit bed. Omring deur onvoltooide geboue en ander bouvalle droom jy van volmaaktheid in die wit hemelbed. Miskien rol jy onbewus rond want onrustig voel jy 'n hunkering soos die nag tussen jou tropiese dye. Die see breek blou teen die strand al is dit nag.

Miskien slaap jy nou in daardie wit bed. Jou blom stulp in jou slaap tot 'n ontvanklike kelk, 'n bybelse beker wat oorloop van lus, 'n kom wat na vervulling smag. En jy draai onbewus op jou maag en lig jou boude effens en jy droom jy bied jouself aan en voel die nag se skadu oor jou daal, 'n bekende teenwoordigheid jou lyf betree.

Jy in daardie bed. Tussen die bouvalle van 'n afgeremde beskawing en die klotsende oseaan teen die wande van jou eiland, voel jy hoe jou geliefde se wellus diep in jou lyf be-vredig word, hoe sy saad diep in jou binneste geplant word, en word jy wakker in daardie spierwit bed en voel hoe blou die see oor die strand spoel.

★

Vakansies. Want daar is altyd die see, die wonderlike see wat die veranderende lig weerspieël. En die opgepofte wit wolke wat oor ons koppe waai. Ons neem foto's van onsself op strande. Plett, Hermanus, Umhlanga, Clifton. Uitgelate. Gelukkig. Ons is met vakansie. Ons ontspan. Ons deel die foto's op Facebook sodat ons vriende ons geluk kan waarneem. Julle verdien dit, lewer ons vriende kommentaar. 'n Mens moet darem af en toe 'n bietjie wegkom, sê 'n ander. En nog een: die see bly maar die beste. En: om so met die gebreek van die branders aan die slaap te raak.

★

Otaki, aan die Kapiti-kus, net noord van Wellington. Met vakansie saam met Gigi en Dirk. Daar is nie baie dae so helder soos vandag nie. Terwyl die son op my neerbrand en die sonbesies my omsingel in hul skrilte en my ooglede wild teen die lig in protesteer en naarstig na koelte soek, broei ek ná te veel dae in die son in 'n soort ekstatiese hallusinasie. Terwyl ek die einders verken, verbeel ek my ek sien die toegesneeude spits van Taranaki, honderde kilometer verder noord, Kaikoura, ook in sneeu gehul, ewe ver suid op die Suideiland. Dan bevestig iemand anders dit, en nog iemand wys dit uit, en ek besef skielik dis nie visioene nie, dis nie glimmende beelde van koue sneeu waarin ek my waterblaserige voetsole wil lawe nie. Dis bloot 'n rare helder dag en die oog sien ver oor die land en ver oor die see. En met 'n ander land in gedagte stap ek die see in totdat die water by my middel kom en dan skep ek asem en buk af en grawe met my hande in die sand by my voete op soek na pipis (*Paphies australis*), 'n inheemse tweekleppige sandmossel, wat vanaand op die vuur gebraai gaan word. En ek vind een en staan op en skep asem en gooi die pipi in 'n seesak wat die water deurlaat. En dan sluit Gigi en Ruth, haar dogter, by my aan, en saam-saam soek ons na sandmossels en vul die sak geleidelik terwyl die malgasse (*Morus serrator*) wild om ons vlieg en in die water duik en met spartelende vissies in hul snawels te voorskyn kom.

Woorde en visse, dink ek. Visse en woorde. En hoe fragiel, die liefde, dink ek met opgehoue asem, en diep nog 'n mossel uit. Hoe diep die see. Hoe seker die voël wat silwer sien flits en fokus en op 'n diep-diep vlak waarvan min mense enigiets weet, aanvoel dat daar iets is om te gryp, en dan duik, af af af, die spieël van die oppervlak breek, steeds af, en die snawel sekuur om die romp van die weerligvissie slaan, en met die dood van die prooi die vermoede van lewe bevestig. Hoe breekbaar die liefde. Soos 'n kuiken op 'n onbegonne krans wat oopbek die onbekende toekoms wil verorber, wat skree en huil en treur vir kos en vir lewe wat nog nie geken is nie, 'n ongeleefde lewe. En later, met 'n sak vol toegeklemde mossels op pad huis toe, die sneeuberge links én regs in die oneindigheid, vlieg 'n wouddduifpaar (*Hemiphaga novaeseelandiae*) verby, hul vlerkval volmaak in pas, hul vlug oos, berge se kant toe . . .

★

Kyk, die seuntjie sit steeds op die agterstoep. Soos gister. Hy wag vir oom Eddie om van die werk af te kom. Oom Eddie is sy ma se enigste broer. Hulle was vyf kinders en oom Eddie was die oudste en sy ma die jongste. Hy wag vir oom Eddie, want as hy van die werk af kom, gaan hulle kafee toe stap om ziepies te koop. Dit is oom Eddie se woord vir lekkergoed. Oom Eddie het polio as kind gehad en een helfte van sy lyf was verlam. Hy het woorde vir allerhande dinge. Hy noem die seun byvoorbeeld Dingetjie. Kom, Dingetjie, kom ons gaan koop ziepies . . . 'n Eie taal wat die kind en oom Eddie praat. Soms terg oom Eddie hom en dan noem hy oom Eddie oom Noël want Noël is oom Eddie se tweede naam en hy hou nie van sy tweede naam nie. As hy oom Eddie oom Noël noem, hou oom Eddie onmiddellik op om hom Dingetjie te noem.

Hy en oom Eddie was vriende. Tot oom Eddie se dood jare later. Oom Eddie het vir die spoorweë gewerk. Hy was 'n kruier op Jeppe-stasie. Elke oggend douvoordag, winter of somer, wind of weer, het hy Benoni-stasie toe gestap en die trein Jeppe toe gehaal. Dan weer terug in die middae ná werk. Oom Eddie was miskien 'n bietjie stadig, maar hy was trots en doelgerig en het nie 'n oomblik gehuiwer om hom te laat geld nie. So het dit hom byvoorbeeld sewentien jaar geneem om matriek deur middel van 'n korrespondensiekursus te voltooi. Later, in sy laat veertigs, het hy sy eie kar gekoop en ná vele probeerslae en derduisende rande aan bestuurinstrukteurs sy Valiant bemeester, met 'n geskeide vrou getrou en, nadat sy van hom geskei het, weer getrou. Sy laaste paar jaar voor sy dood aan trombose was van die gelukkigste in sy lewe. Daar stap hulle. Oom Noël en Dingetjie op pad kafee toe om ziepies te koop.

*

Dis asof die herinnering aan Toon my aan die gang krink. Ek onthou hom soos ek die makoue en die appelkoosboom onthou. Hy was daar. Van die begin af. En net so min as wat ek makous of appelkoos kan praat, kan ek Outa Toons praat. Selfs al was hy kardinaal. Het hy my opgetel. Sag neergesit. Hy was daar. Voordat ek kon praat. Ek het na hom gekyk. Op sy hurke, altyd op my vlak. Oogkontak. As ek nou 'n gesig sien, en dit is sy gesig, sal ek hom ineens herken. Miskien sê ek net so, maar ek dink ek sal. Eintlik is dié relaas 'n take two. Doen mense sulke dinge in die letterkunde? Kan 'n mens jou eie werk plagiariseer? Jou eie karige argiewe verder plunder? Ek doen dit. Sonder om te

141

skroom. Niemand weet hoeveel 'n mens gewerk het nie. Op vele vlakke. God, ek skryf my hele lewe nog net aan een boek!

Eintlik kry Toon nooit werklik stem nie. Die onhaalbare van die begin af is eintlik maar net 'n poging om te begin. Om te sê iets het lank voor my begin en hier is ek en ek is deurmekaar en kom ons gebeur op 'n beter manier. Ek wil graag Toon wees, sy stand gestand doen. Ek wil uit sy mond laster. Vloek. Maar ek kan nie. Dis waar ek wêreldkaarte ooprol en my tas begin pak.

Toon praat nooit. Dis altyd ek. Behoorlik fucked up. Askies, Toon.

★

Aankoms en vertrek. Almal het tog 'n destinasie in gedagte. Terminaal tot terminaal. Vlieg is nie reis nie. Om te reis is om te beleef, om jouself in beweging te ervaar, te voel hoe tyd verbyskuif, die landskap deur jou gly. Hoe jy eintlik geen invloed het op niks nie. Dis net jy, 'n passasier, en 'n venster dalk waardeur jy kyk en jy sien soveel dinge en vir sommige daarvan het jy wel woorde om te sê wat dit is, soos bloekombome en olienhoute en allerhande lukrake groeisels of plantsels soos telefoonpale en weerhane en ligusterheinings en ander mylpale. Maar die horison en die tussengebied verander. Kliprant word sandveld, sandveld woestyn. Soetdoring maak plek vir kruisbessie, kruisbessie vir sterkbos. Hoe onbegryplik opgewonde maak die land-skap jou? Die belewenis van beweeg wikkel iets in die diepste lae van jou onbewuste los, jy onthou episodes, uit 'n ander lewe. Maar om te vlieg, niks daarvan nie. Om te vlieg is narkose. Vertreksale by lughawens is soos wagkamers in hospitale.

*

Dag 54, amper agt weke later, en ek trek my sweetpakbroeks-pyp oor my geswolle knie sodat die snydokter sy hande-werk kan bewonder. Jy is mooi op koers, sê hy. Onthou, ek het gesê tussen ses maande en 'n jaar voordat jy weer die volle gebruik van jou knie gaan terugkry. Intussen gaan pyn en swelling en hitte voortduur. Moenie ongeduldig raak nie. Ek weet, sê ek vir hom, maar kan ek jou vertel wat gister gebeur het? Ja, ja, sê hy, maar hou dit bondig, daar is 'n wagkamer vol mense . . . Net 'n paar minute, sê ek. En hy kyk vinnig op sy Rolex, leun ietwat terug in sy stoel en aan sy houding kan ek sien ek sal vinnig moet praat.

Kyk, gister moes ek vroeg opstaan want ons het 'n dubbele verjaardag gevier. My seun en my skoonma deel 'n verjaardag op 8 Augustus en die aanvanklike plan was om iewers by 'n restaurant te gaan eet, maar toe verrek my skoonpa 'n spier in sy rug tydens 'n pottebakkersklas en die restaurantplan val deur die mat, en ek het glad nie omgegee nie, want al hierdie geëtery by duur restaurante is vir my 'n vermorsing, want as die rekening opdaag en jy sien dit kos vyf- of seshonderd dollar vir agt of nege mense, selfs al hoef jy nie eens daarvoor te betaal nie, voel dit of iets êrens verkeerd is. Hierdie hele kosfetisj-ding! Oordadig voel dit vir my in elk geval. Selfs al is dit nie jou geld nie . . . Ek is jammer, ek dwaal af, ek weet jy is besig, maar toe bel my skoonma en sê maar wag, as ons nie restaurant toe gaan nie, kan ons lekker takeaways bestel. Toe sê ek nee, dit gaan te duur wees en buitendien, die hele idee van 'n gourmet-wegneemete staan my ook nie aan nie. Daar is dalk plekke waar so 'n ding bestaan, maar nie hier op hierdie eiland nie. Ek het al te veel van daardie sogenaamde up-market geregte geëet. Dit behels gewoonlik dat iemand 'n bestelling by die Thai-restaurant plaas en dan, nadat dit opgelaai en tuis uit die plastiekhouers in behoorlike glasopskepbakke oorgeplaas is, is die garnale yskoud en dobber saam met die klein mielietjies en ander groentes in die kokosneutmelk waarin alles wat Thai was, verdrink word. Ek bied toe aan om te kook.

Die snydokter staan op en maak die deur oop. Asseblief, dis genoeg nou. Daar is soveel pasiënte. Ek sien jou in Oktober weer.

Op my pad uit sien ek hoe hy oor die toonbank in ontvangs buk en in sy sekretaresse se oor fluister terwyl hy met sy wysvinger teen sy regterslaap tik. So, hy dink ek is waansinnig, dink ek. Miskien is ek, maar hy is die een wat geduld aan die dag moet lê! Hy is die een wat na my storie moet luister, wat moet verstaan deur watter hel sy pasiënte gaan voordat hulle weer soos normale mense in die samelewing kan optree.

Die vorige Sondag, dag 53, het ek vroeg opgestaan en dié ietwat tradisionele spyskaart neergeskryf: 'n Focacciabrood met tamatie en dun skyfies uie, calamata-olywe, parme-saan en growwe sout; groenbone met swart peper en ge-karamelliseerde uie; pampoen met bruinsuiker, botter en pypkaneel; gebakte aartappels met roosmaryn en olyfolie; 'n skaapboud met knoffel en nogmaals roosmaryn en tiemie en uie en twee glase rooiwyn; groot Aussie-tiergarnale, in 'n sous van tamatie en appel en gemmer en saffraan en pyp-kaneel. Dit is wat ek eintlik vir die dokter wou sê, dat ek vyf uur lank in die kombuis doenig was, en hy weet sekerlik 'n mens kry nooit gesit as jy kook nie.

Ek weet nie wat hy weet nie, maar dat my knie gereageer het op die gestanery in die kombuis, is waar. En steeds was dit nie die einde van die ding nie. Eintlik was dit op 'n manier juis die begin, want die kos is toe in bakke met deksels en onder foelie agter in M. se kar gelaai, plus twee vlymskerp messe, want 'n skerp mes is 'n skaars item en daarsonder kan 'n mens tog nie 'n skaapboud behoorlik opsny nie.

By skoonma se huis is die bakke op kosverwarmers geplaas. Daar was agt mense. Ek en M. en ons drie kinders, skoonma en skoonpa, asook my skoonsuster. Haar man en hulle een dogter was in Australië vir die een of ander familieviering. Agt van ons. Almal het gesmul aan my kos en my skoonpa het selfs 'n tweede keer gaan opskep. Nie iets wat hy dikwels doen nie.

My skoonsuster maak nie oogkontak nie. Haar lyftaal verklap sy is steeds kwaad vir my. Want ses maande gelede, weer eens tydens 'n ete, by my huis, het haar man, my swaer, vir Ruth Brown stilgemaak. Ek is nie 'n control freak nie, maar as gasheer behou ek my sekere regte voor. Ek kook, skep op, bedien. Ek skink die drankies, koester my gaste, maak seker elkeen het 'n fees van 'n tyd. En vir dié dag het ek spesiaal JB Hi-Fi toe gegaan om 'n CD van Ruth Brown te gaan koop. Somebody touched me in the dark last night, het ek Ruth 'n paar dae vantevore oor 95bFM hoor sing en terstond besluit dié vrou gaan by my ete optree. Hopelik herken my skoonouers haar, want sy is uit dieselfde era as hulle.

Voor ete, met Rangitoto-eiland en die Coromandel doer ver, sit almal op die dek en drink wyn terwyl ek in die kombuis met die kos doenig is. Ruth Brown sing in die agtergrond. En dis wat ek eintlik vir die snydokter wou sê, ek wou vir hom vertel dat ek toe nog met die ou knie belas was, en dat die pyn my rasend had. Die hoeveelheid pynpille wat ek moes drink om die gedrog te benewel! En toe hou die musiek op. My swaer het besluit die tyd het aangebreek vir mellow jazz.

En so, met die ou knie in die kombuis en Ruth Brown wat stilgemaak is, het ek opgeskep en almal tafel toe genooi. Later, nadat almal huis toe is, het ek teen my aard in 'n hele bottel wyn uitgedrink en later dalk nog een. Ek kan nie goed onthou nie, maar wat ek wel weet, is dat ek dié aand in my beneweling 'n bitsige e-posboodskap aan my swaer gestuur het waarin ek vir hom sê hy moenie met my musiek by my etes inmeng nie, want ek dink net so lank na oor watter musiek ek gaan speel as watter disse ek gaan voorberei.

Maar dis natuurlik nie wat ek aan die snydokter wou vertel nie. Wat ek hom wel wou vertel, en ek neem hom nogal kwalik dat hy nie net nog 'n paar minute na my klaaglied wou luister nie, is die volgende: ná die gekokery en die ge-karweiery van die kos van my kombuis na skoonma se huis, was my knie opgeswel soos 'n kondoom vol water. En dat ek toe begin wonder het of die operasie nie dalk 'n mislukking was nie, dat my lyf die vreemde skarnier verwerp. Dat die pyn my met ander oë na die wêreld laat kyk, want daar sit my skoonsuster oorkant my by die tafel. En met haar stywe skouertjies en saamgeklemde rekenaarhandjies is sy steeds kwaad vir my, omdat haar man Ruth Brown by my ete stil-gemaak het, en ek my moer gestrip het. En eintlik moet ék kwaad wees. Dink ek nou. Woedend.

Fok, dwaal ek natuurlik weer af. Die eintlike ding is dat ek die snydokter 'n glimp in my lewe wou gee. Ek wou hom bedank vir my nuwe knie, en ook sommer omdat ons tog op 'n sekere vlak meer intiem was as wat 'n mens sal wil toegee. Hy het gesny aan my met 'n skalpel en 'n nuwe knie geïnstalleer, hy het my betree, maar wat weet hy van my lewe af? My siel, selfs? Ek wou hom vertel van my lewe en hoe belangrik familie en vriende is, maar dat ek met my onvoorspelbare aard en prima donna-houding oor kos en musiek diegene die naaste aan my vervreem het. Ek wou vir hom sê ek dink 'n mens kan verander, maar ek is seker hy weet dit, anders sou hy mos nie knieë vervang het nie. As iets breek, vervang jy dit. Maar ek weet nie of hy enigsins vertroue in my verstandelike vermoëns het nie, want ek het gesien hoe hy teen sy regterslaap met sy wysvinger tik toe hy met die sekretaresse praat.

Terug by die kar stuur ek vir M. 'n sms en sê die dokter is baie gelukkig met my vordering en dat hy my voorhou as 'n modelpasiënt. Daarna is ek kwekery toe om vir my swaer 'n bonsaiboompie te gaan koop vir sy verjaardag die volgende dag.

★

Goeie nuus is 'n rariteit deesdae. Op dag 55, die dag nadat die snydokter gesê het ek is op koers met my nuwe knie, slaan ek die *New Zealand Herald* oop op bladsy A18, die wêreldblad, en daar is 'n foto van 'n jong seun met die afgekapte kop van 'n Siriese soldaat wat hy duidelik met groot moeite met sy dun seunsarmpies omhoog hou. Sy pa, ene Khaled Sharrouf, 'n burger van Australië wat sy gesin Sirië toe geneem het om aan die een of ander djihad deel te neem, het dié foto met die onderskrif "That's my boy" op Twitter geplaas. Die seun lyk nouliks ouer as nege of tien, maar in 'n latere berig reken hulle hy is sewe jaar oud. Hy is sewe en hy hou die afgekapte kop van 'n man omhoog. Op 'n foto langsaan staan 'n groepie gehawende Yazidi-christene en pleit dat die wêreld tog asseblief moet ingryp, want die volgelinge van die Islamitiese Staat is besig om hulle sistematies dood te maak. Mans, vrouens en kinders word voor die voet onthoof as hul nie hulle geloof afsweer en Islam aanvaar nie.

En dan is daar 'n berig dat die Amerikaners weer hul veg-vliegtuie in die noorde van Irak gebruik om die militante volgelinge van die kalifaat flenters te bombardeer. Dit alles op dag 55. En die vorige dag is twee vroue in Sirië gestenig omdat hulle owerspel gepleeg het, en volgens die chirurg is ek op koers. Op koers waarheen? Wie sê ek wil iewers heen? Wie sê ek wil nie net hier bly nie? Toe bel my broer my uit Suid-Afrika met die nuus my ma het geval en haar knieskyf gebreek. Sy het glo op die rusbank gesit en haar voet het aan die slaap geraak en iemand het aan die deur geklop en toe sy opstaan om dit te gaan oopmaak, gee die voet mee en sy slaan neer. Hospitaal toe. Operasie om die knieskyf te herstel. Ja, sê my broer, die operasie is deur 'n krulkop gedoen. 'n Krulkop? wou ek weet. Toe lag hy ietwat ongemaklik en ek weet wat hy bedoel. Ek bel die hospitaal en 'n vriendelike verpleegster deel my in Afrikaans mee dat die operasie geslaagd was en dat my ma reeds regop sit en lipstiffie aanhet en sy lyk pragtig.

En ek probeer haar in my gedagtes oproep, want ek het haar vier jaar laas gesien, my bejaarde ma in die hospitaal-bed, met haar seer knie daar en ek met myne hier, maar haar beeld word verdring deur die ontstellende foto van die sewejarige kind met 'n afgekapte kop op bladsy A18 van die *New Zealand Herald*.

Dis dan wanneer 'n mens 'n plek moet hê om heen te gaan. 'n Bosveldplasie of 'n huisie in die berge. 'n Wegkomplek langs die see. 'n Tuin selfs. Jy kan bossies uittrek of saadjies plant. Kompos omkeer, natgooi . . . As jy jouself in 'n tuin bevind en met jou hande hier in die klamtes vroetel om die bossies met wortel en al uit te trek, as die bye en muskiete en brommers om jou ore vlieg, en 'n swerm mossies in die pruimboom kwetter, keer 'n ou sug na die lewe weer terug. Dis asof die beheptheid met my knie na die agtergrond skuif, saam met die opdringerige Islamitiese vrouehaters en die fascistiese bomwerpers, want ek voel 'n roering in my balsak, 'n genadiglike bloedvloei na die wêreld onder die belt, en ek voel hoe my ereksie spontaan opstaan. Ja, ek is op koers, dink ek. My kompas werk weer. Die dokter was reg.

En dit alles voor elf op dag 55. Slegte nuus, wanhoop, gruwelberigte uit die Midde-Ooste; en dan ook 'n ma wat geval het. Dan 'n bietjie selfopgelegde tuinwerk, en ek dink dit was Ballard wat geskryf het oor die belangrikheid van die tong as 'n orgaan. Hy het gesê as jy 'n aptyt vir kos het, het jy 'n aptyt vir seks ook. 'n Mens kan dit selfs verder voer, dink ek met my glansende ereksie in my klein kombuistuintjie, omring deur die kropslaaie en altyddurende spinasietjies en suring en roket en tiemie en al die kruie onder die son wat 'n mens later kan opnoem. As jy 'n tuin onderhou en 'n tuin verstaan, sal jou maat jou altyd dankbaar wees, want jy sal uit ervaring weet hoe om haar of sy lyf te benader. 'n Selfsugtige tuinier se tuin verveel hom gou. 'n Trotse tuinier se dae is van die begin af getel. 'n Ongeduldige tuinier se oes is wrang. 'n Lui tuinier hou wag oor dollekerwel, distels en klitskruid. 'n Ware tuinier, vrygewig en beskeie en geduldig en fluks, met vlugtige gedagtes wat die plante koester en met ferm dog sensitiewe vingers gate in die klam grond sink en die afgetelde sade versigtig daarin laat val en die grond weer met warm handpalms toedruk, so 'n mens weet hoe om die aarde te laat ontwaak en tot groot hoogtes aan te spoor. Dis die groot geheimenis van ons bestaan op hierdie planeet. Om 'n tuin te kan maak en te onderhou; om in en uit daardie tuin te leef.

Dit maak nie saak of jy die ou heidense tradisie om met die maan te plant volg nie. Onthou, alles wat bo die grond vrugte dra, jou tamaties en eiervrugte en rissies, plant jy met die groeiende maan, die ander groentes, soos aartappels en rape en geelwortels en beet as die maan afneem. Nie baie mense doen dit meer nie, want die wetenskap het intussen hoe dan ook bewys dis 'n wanopvatting. Tog probeer ek daarby hou, hoewel ek nie 'n goeie heiden is nie, want in hierdie moderne tye het weinig mense nog die wil of die tyd om een oog op die maan en 'n ander op die aarde te hou. Wat wel saak maak, sou ek sê, is dát 'n mens plant. Elke paar dae. 'n Saadjie hier, dan weer een daar. Op dié manier beland jy nie met al jou tamaties ryp in een mandjie in 'n kwessie van twee of drie weke nie. Beplan vooruit, maar moenie te slim raak nie. Laat die tuin jou rig. Moenie nalaat om die aarde met jou hande te stimuleer nie. Vryf die aarde, ferm maar nie te hard nie, dan weer liggies, laat jou hande oor die aarde sweef soos oor jou geliefde se lyf, sonder om aan iets te raak. Bestraal die aarde met jou hitte. Voed jou plante met tuisgemaakte smeerworteltee, verwyder die dooie blaartjies. Gaan uit met 'n flits in die nag, soos enige besorgde tuinier jou sal vertel, en verwyder die slakkies wat jou slaaiblare verorber. Moenie gif gebruik nie. Nooit gif nie, want gif het die agterbakse manier om die gifstrooier te vergiftig. En sy kinders en sy kleinkinders. Hou die son in gedagte. Altyd die son. En eet terwyl jy in jou tuin is. Proe-proe. Op dié manier span jy jou tong in en gee jy erkenning aan die planteryk, jy bring hulde aan water en aan die son, en voed jy jou wankelrige siel met die essensie van iets wat tot stand gekom het deur jou beskeie handewerk. 'n Suringblaartjie, 'n happie kruisement, 'n titseltjie rissie. Op die tong. Dis eintlik waar 'n mens moet begin. By die tong. Dieselfde orgaan wat waghou oor die lewe en oor die dood, maar wat ook onontbeerlik is in die liefdespel tussen minnaars.

Die tong in gleuwe en gate en in monde agter tande. Tonge wat inmekaar knoop. Die tong wat sirkels trek om tepels en penisse en kittelaars. Die tong se eggo in hol plekke. Die ontembare tong wat die donkerste donker verken en in die proses die oë verhelder. Die tong is die enigste orgaan wat sy eie lof kan besing. Sonder tong was ons nie mens nie. Ek weet nie of daar so 'n hipotese bestaan nie, maar miskien moet daar, en dit is dat die tong eintlik die skepper van die mens is, dat die tong die mens tot lewe geroep het, die mens tot stand gebring het, ons aard omskryf het, sodat die tong sigself ten volle kan manifesteer.

★

Ek leef nou wel in die 21ste eeu, maar tog beskou ek myself nie as 'n moderne mens nie. Eksentriek dalk. Wanaangepas miskien. Idiosinkraties gewis. Vergelyk ek myself met my tydgenote en my kinders, selfs met die geslag ouer as ek, moet ek toegee ek het agtergeraak, die tyd het my verbygesteek. Hoewel ek tegnologies gesproke goed toegerus is met die jongste Apple-foefies, merkwaardige produkte wat deur kinderslawe iewers in die Ooste aanmekaar getimmer word, sal ek nooit weer kan inhaal nie. Op my selfoon in my sak dra ek 'n wêreldbiblioteek, 'n platespeler, kamera, bioskoop, diktafoon. Ondanks al dié asembenemende apps gebruik ek dit egter meestal as 'n soort telepatie-instrumentjie om kort, kriptiese boodskappies aan my vrou en kinders te stuur om uit te vind of hulle tuis gaan wees vir aandete en of iemand asseblief sal onthou om melk te koop.

Stil plekke word al hoe skaarser in die wêreld. Selfs hier op hierdie eiland is 'n Walden nie so maklik te vinde nie. Maar ek doen moeite om tyd te maak om 'n stil plek op te soek, 'n plek om te dink. Dan dwaal 'n mens se gedagtes en dan dink jy aan jou pa, wat meer as vier dekades gelede dood is, en jy wens jy kon met hom praat, hom vertel van jou kinders, jou dogter en jou twee seuns, en hoe jy nooit aan die bybelse roede geglo het nie. Miskien sou ek selfs vir hom wou vertel hoe ek 'n paar aande gelede tydens aandete vir my vrou en kinders gesê het dat hulle betekenis aan my lewe gee, en ja, dat ek lief is vir hulle. Dit was nie 'n sentimentele aankondiging of 'n voorafbeplande toespraak nie. Dit was eerder iets soos: "Dis oomblikke soos dié wat betekenis aan my lewe gee. As ons hier saam om die tafel kan sit en eet en ek kan sien julle geniet my kos. Ek is lief vir julle. Gee asseblief die sout aan." Dis wat ek graag sou wou vertel. Dat daar nie 'n seën gevra word voor ons eet nie, dat daar nie 'n patriarg is wat almal oor sy brilraam aangluur nie; dat daar baie gelag word, dat persoonlikheid 'n kans gegun word om te gloei, dat vrees nie in die huis bestaan nie, dat respek nie met geweld afgedwing kan word nie, dat daar nie 'n fan belt agter die kombuisdeur hang nie. Ongelukkig bestaan daar nie 'n app wat hartseer kan besweer, of woede kan beheer nie. Daar is nie 'n app wat die verwronge beeld van 'n dooie doos van 'n pa uit my brein kan haal en afstof en herprogrammeer en sê siedaar, kyk, hy was eintlik 'n goeie man wat net die beste vir jou wou gehad het nie. Daar is nie 'n app wat die verlede ongedaan kan maak nie.

★

Laat die kind uitstap op daardie stoep in Tweedelaan nommer ses, laat hom op die rooi gepoleerde trappies gaan sit en tuur oor die werf, laat hom na die hoenders en die groente en die leivore kyk. Laat hom die destydse sagte Hoëveldse son oor sy gelaat voel streel. Geborge. Hy behoort, sien. En dan, asof hy uit die stof uit opgestaan het, 'n ineense warrelwind, is die ou Boesman daar. Outa Toon. Te Tô. En soos die wind begin sy stem draai, om die hoeke van die huis en deur die takke van die appelkoos en om die kind se kaal voete op die werf. Hallo, kleinbasie Ryk, en hoe voel die basie nou? Onthou jy nog die miernes? Die een wat ek oopgespit het en die vliëende miere waarvan ons die vlerke afgetrek het voordat ons hulle geëet het. Ek het vir jou gesê dit gaan reën vanmiddag, want dié miere het vlerke en hulle vlieg net een keer in hul lewe en dis ná die reën en toe spit ek die nes oop en ons eet hulle, by die handvol. Soos grondboontjiebotter, het jy gesê, onthou jy, my basie? En toe kom die reën. Onthou jy anderkeer die sprinkane wat ons gevang en gebraai het? Met sout, op die vuur buite. Onthou jy, basie? Kleinbasie, onthou jy wie jou geleer kyk het? Is jy nog 'n basie of het jy verander? 'n Grootbaas geword? O, nou onthou ek, jy was kamma nooit 'n basie nie. Jy was die een met die hart. Dit was mos jy, was dit nie? Ek kan nie onthou nie. My ore se binnekante pla. Deur al die stofsuiers en lorries en taxi's hoor ek 'n jakkals myle ver. Ek ruik uile. Eintlik maak dit nie saak wat jy was nie, jy was in alle geval altyd een van die uitverkorenes, wit en slim en opwaarts mobiel saam met jou tot die Nasionale Party behorende ouers. En selfs al weet jy dit, maak dit fokkol verskil aan my situasie. Want hier is ek vir ewig vasgevang, hier aan die Oos-Rand vasgespyker teen 'n bottel spirits. Selfs my matras behoort aan die oumies. Soos jy, is ek ook verslaaf, maar die verskil tussen my en jou is dat ek niemand het nie. Niemand om lief te hê nie. Niemand om aan te klou nie. Die verflenterde oorblyfsels van my mense is nomades in die woestyne van die land, en ek is 'n dronklap in Northmead. En jy? Fok, basie, kyk hoe laai hulle die veertigvoet-container vol van jou goed. Kaste en beddens en komberse en verwarmers. Jy is op pad. Weer eens op pad. Weg van hier af. Hier bestaan nie meer nie, my basie. Die snaar het gebreek. Hier is nie meer 'n lied nie. Lankal al nie meer nie. En kyk, jy het 'n vrou en drie kinders, en hulle roep na jou en jy kan sing. Jy is nie ek nie, kan nooit ek wees nie, en ek praat met jou, basie, ek praat met jou. Maar jy gaan nooit hoor soos ek wou hê jy moet hoor nie. Want jy is 'n basie. Vir 'n basie om te wees, moet daar 'n Outa Toon wees, mense soos ek om basie se wêreld te bou, iemand om vir basie basie te sê. In basie se boeke te huil. Ek sê nou vir jou kleinbaas. Dis al wat ek sê.